너라는 ____

생활

너라는 ___ 생활

김혜진
소설

문학동네

차례

3구역,
1구역

나는 교회 앞 골목에서 너를 처음 봤다.

그 교회는 이층 주택을 개조한 것이었는데 칠 년 전 내가 이 동네로 이사올 때부터 사람의 출입이 뜸했고 몇 해 전부터는 드나드는 사람 없이 계속 방치되어 있었다. 철제 대문 너머로 먼지가 쌓인 폐가구와 온갖 잡동사니를 휘감은 거미줄, 무성하게 잡풀이 자라난 마당이 그대로 보였다. 환한 낮엔 스산해 보였고 한밤엔 오싹한 느낌이 들 정도였지만 어쨌든 집에 가려면 매일 그곳을 지나칠 수밖에 없었다.

나는 그 교회 앞에 앉아 태비를 기다리는 중이었다.

태비는 지난여름 골목을 오가며 한두 번씩 만난 고양이였다. 체구가 작고 피가 섞인 침을 늘 턱밑에 달고 다녔기 때문에 매번 그냥 지나치기가 어려웠다. 한동안 사람이 먹는 참치 캔이나 소시지를 가져다주었고 얼마 지나서는 고양이 간식 캔을 한두 개씩 들고 다니기 시작했다. 그러다가 아예 저녁 무렵에 나와 태비를 기다리게 된 것이었다.

10월 중순이어서 바람이 선선했다. 오가는 사람이 거의 없는 골목은 조용하고 한적해서 평화로워 보였지만 정말 그렇다고 생각되지는 않았다. 고개를 들면 재개발이니 철거니 분양권이니 하며 이 동네 전체를 사로잡은 어떤 기운이 골목 끝에서 서서히 번져오는 게 또렷하게 느껴져서였다.

태비는 날이 어둑어둑해질 무렵에야 교회 건물 뒤편에서 나타났다. 여느 때처럼 멀찌감치서 나를 바라보며 짤막하게 우는 소리를 낸 뒤 조심스럽게 한 걸음씩 다가오다가 내가 캔을 바닥에 쏟아주고 서너 걸음 물러서자 그제야 짓무른 입으로 비린내나는 내용물을 할짝거리기 시작했다.

저기, 죄송한데요. 괜찮으시면 제가 간식을 그릇에 옮겨줘도 될까요?

쪼그리고 앉은 내 등뒤에서 누군가의 목소리가 들렸다. 짙게 드리운 어둠 탓에 네 얼굴이 정확히 보이지는 않았다. 너는 옆구리에 끼고 있던 커다란 종이 뭉치를 내려놓고 쪼그려앉은 다음 에코백에서 조그마한 유리 접시와 숟가락, 보온병 같은 것을 꺼냈다. 태비와 나 모두를 놀라게 하지 않으려는 듯 한 발 한 발 다가서는 네 모습은 신중해 보였고 이런 일에 익숙해 보였다.

얘 아세요? 며칠 안 보여서 어디 갔나 걱정하고 있었거든요.

길바닥에 쏟아진 간식을 접시에 꼼꼼히 옮겨 담고 그것을 태비 쪽으로 조금 더 밀어주고 나서야 너는 몸을 일으키며 물었다. 마주서자 너의 마른 체구와 짙은 눈썹, 부드러운 입매 같은 것들이 선명해졌다. 그 골목엔 가로등이 많지 않았다. 그래서 한밤에는 마주 걸어오는 사람이 나를 해칠지 모른다는 공포가 느닷없이 덮치곤 했다. 그런 공포를 느끼지 않은 건 아주 오랜만이었다.

그냥 가끔 봤어요.

나는 그렇게 대답했고 너와 어색하게 몇 마디를 더 나눈 뒤 집으로 돌아왔다. 너를 다시 보게 될 거라고는 생각하지 못했다. 이튿날 너는 나보다 조금 더 일찍 교회 앞에 나와 있었고 그다음날 저녁엔 교회 철문 아래로 그릇을 밀어넣느라 거의 길바닥에 엎드리다시피 하고 있었다. 오가는 사람들이 흘끔거리는 줄도 모르고 태비 쪽으로 어떻게든 그릇을 더 밀어주려고 안간힘을 쓰는 중이었다.

올해는 날씨가 일찍 추워지네요. 사실 제가 겨울 오기 전에 얘를 구조해야겠다고 생각했거든요. 중성화도 안 된 것 같고 구내염도 심해 보여서요. 괜찮으시면 이번 주말에 도와주실 수 있으세요? 제가 통덫을 가져오긴 할 건데 혹시 몰라서요. 그냥 옆에 계시기만 하면 돼요.

한참 만에 몸을 일으킨 네가 물었다. 태비가 캔을 다 먹은 것을 확인한 뒤 여느 때처럼 에코백에 잡다한 물건들을 소리나지 않게 챙겨넣으면서였다. 너는 조금 더 말했다. 길고양이를 돌보는 사람들이 만든 온라인 카페가 있고 이 동네에도 회원이 여럿 살지만, 실제로 만난 적은 없고 딱히 부탁할 만한 사람을 찾지 못했다는 이야기였다. 나는 그러겠다고 했고 너와 연락처를 주고받았다. 뭔가에 이끌린 듯 승낙하면서도 네가 왜 내게 이런 부탁을 하고, 나는 왜 이런 번거로운 일을 자처하고 있는지 생각해보지 못했다.

다만 그때는 네가 따뜻한 사람이라는 생각만 했던 것 같다. 자신과 아무 상관도 없는 길고양이에게 기꺼이 시간과 비용을 내줄 수 있을 만큼 선하고 순수한 사람이라 여겼고 그 순간엔 내 도움이 절실하게 필요해 보였다.

돌아오는 주말에 우리는 다시 만났다.

토요일 오후였고 나는 재개발사업 공청회를 마치고 주민센터 건물을 빠져나오는 길이었다. 본격적인 이주 시기와 절차를 논의하는 자리였지만 공식적인 브리핑이 있기도 전에 편을 갈라 앉은 사람들이 된다, 안 된다, 좋다, 싫다 목청을 높이는 탓에 이렇다 할 대화는 또 시작조차 못한 채였다. 마이크를 쥐고 사람들을 진정시키려던 주택과장이라는 사람이 나가고, 재건축팀장이 다시 마이크를 잡고, 주무관이라는 사람이 들어오는 동안에도 강당은 불을 지핀 듯 뜨거웠고 점점 더 뜨거워지기만 했다. 이 동네에서 공청회니 설명회니 간담회니 하는 것들이 제대로 이뤄질 일은 없겠구나. 사십 분 남짓 그곳에 머무는 동안 내가 확인한 건 그게 다였다.

좁은 복도는 한꺼번에 쏟아져나온 사람들의 발소리와 말소리로 자욱했다. 계단을 내려서면서부터는 사방에서 바짝바짝 붙어오는 사람들을 피해 난간에 거의 붙어서다시피 해야 할 정도였다.

이게 말이나 돼요? 멀쩡히 장사하는 사람들 다 내쫓는 거지. 누군 새 상가 주고 누군 돈 몇 푼 주고 나가라니, 이게 말이나 되냐고요.

누군가의 목소리가 복도를 때리면,

이따위로 할 거면서 사람을 오라 가라 하고 말이야. 우린 우리끼리 따로 합시다. 여기 반대하는 사람들 다 모아서 우리도 따로 공청회를 열자니까.

누군가의 목소리가 따라나왔고,

무조건 고집만 부린다고 되나요. 다 같이 방법을 찾아야지.

누군가의 목소리가 도망치듯 건물을 빠르게 빠져나갔다. 그중엔 내가 자주 가는 분식집 사장도 있었다. 손님이 뜸한 시간에 쓰레기와 온갖 잡동사니로 발 디딜 데 없는 공터에서 그가 줄담배를 피우는 모습을 본 적이 있었다. 서로가 어느 편에 서 있는지 알 수 없으므로 안면이 있어도 섣불리 알은척하지 않는 게 이런 자리의 불문율이었고 그건 누가 가르쳐주지 않아도 저절로 알게 되는 것이었다.

나는 내내 고개를 숙인 채 쏟아질 듯 계단 아래로 향하는 발들을 피해 걷고 있었다.

이봐요, 그쪽은 어느 쪽이오?

벌겋게 얼굴이 달아오른 사람들 틈에서 일층 출입구를 간신히 빠져나올 때 누군가가 그렇게 물었다. 문 앞에 서서 건물을 나가는 사람들의 이름과 주소를 기록하던 남자였다.

주인이에요? 세입자죠?

내가 대답을 하지 않자 남자는 그렇게 바꿔 물었고, 내가 세입자라고 답하자 서류를 내밀며 서명을 요구했다. 나는 주인에게 이사비를 받아 나오는 것 말고는 어디에도 해당 사항이 없는 사람이었다. 재개발사업 계획이 고시된 뒤에 이사를 온 탓에 임대주택에 들어갈 자격도, 재개발에 따른 보상을 요구할 수 있는 처지도 아니었다. 다만 변칙적인 경우의 기준과 절차가 궁금했고 언제부터 이사를 할 수 있으며, 언제까지 머물 수 있는지 알고 싶은 게 다였다.

남자는 끈질기게 연락처를 물었다. 이런 일일수록 머릿수가 중요하다고 했고 그래야 뒤통수를 얻어맞지 않는다며 거듭 나를 붙잡았다. 결국 연락처를 적고 서명을 한 뒤에야 그곳을 빠져나올 수 있었다. 그리고 건물을 나와 이리로 저리로 비탈길을 걸어내려가며 흩어지는 사람들 틈에서 너를 봤다. 너인가, 아닌가. 생각하고 있는 나를 먼저 알아보고 다가온 건 너였다.

어? 여기서 보네요. 공청회 온 거예요? 저도 저기 계속 있었는데 왜 못 봤지? 이 근처에 사세요?

환한 낮에 보는 너는 체구가 조금 더 컸고 이목구비가 훨씬 뚜렷했다. 말투나 몸짓에서 주저하는 기색이 전혀 없었으므로 어른스럽고 노회한 느낌마저 났다. 어쩌면 옅게 한 화장이나 회색톤으로 말끔하게 갖춰 입은 옷차림 탓인지도 몰랐다.

네, 저기 마트 뒤편이에요.

내가 답하고 네가 말했다.

삼일마트요? 세탁소랑 같이 하는 데 맞죠? 거기 주인이 여기 3구역 추진위원장이잖아요. 어쩌다가 그런 사람이 위원장이 됐는지. 그 사람만 아니었으면 여기 벌써 아파트 올라가고도 남았을 거예요. 정말 여러 사람 애먹이는 스타일이에요.

네 입에서 그런 말이 나왔다. 내가 사는 이 동네를 3구역이라고 부른 것도, 마트 주인이 추진위원장인 것을 아는 것도 의외였지만 이곳이 지금껏 헐리지 않았다는 사실에 분개하는 듯한 말투가 나를 놀라게 했다. 나와 한 걸음쯤 떨어져서 걸으며 너는 조금 더 말했다. 네가 살고 있는 길 건너편 1구역은 공청회 한 번 없이 이주 결정이 났고 사 년 만에 아파트가 모두 들어섰다는 이야기였다. 생각해보면 모든 게 신속하게 결정됐고 그런 빠른 결단이 모두에게 쉬운 일은 아니었을 테지만 결과적으로는 모두에게 좋은 일이 되었다는 설명이 이어졌다.

길 건너편이 아파트촌이 되었다는 건 나도 모르지 않았다. 새로 만든 널찍한 진입로도, 아파트와 아파트를 잇는 산책로도, 그곳 주민들이 드나드는 상가들도, 흠잡을 데 없이 말끔하고 깨끗해서 그곳을 오갈 때마다 내가 겨우 횡단보도 하나를 건너온 게 맞나 하는 생각을 자주 했다.

나는 잠자코 들었다. 그래요? 아, 그렇구나, 몰랐어요, 같은 말들을 소극적으로 반복하면서도 자꾸만 네 얼굴을 빤히 바라보게 됐다. 몇 번 눈이 마주쳤고 그때마다 그러지 말아야겠다고 스스로에게 주의를 주었지만 계속 눈이 마주쳤다. 그러니까 그런 이야기를 할 때 너는 좀 다른 사람 같았다. 그날 밤 교회 앞에서 만났던 사람이 아닌 것 같았고 무슨 말을 어떻게 해야 할지 알 수 없는 기분이 들었다.

사람들이 참 이기적이지 않아요? 일일이 사정을 다 봐주면서 재개발하는 데가 어디 있어요. 조금씩 양보하고 그러는 거지.

혼잣말하듯 네가 중얼거렸고 나는 고개를 끄덕이고 말았다. 1구역에 사는 네가 왜 이곳 재개발에 관심을 갖는지 궁금했고, 너에게 그럴 만한 이유가 있는지 묻고 싶었지만 말을 아꼈다.

너는 맡겨놓은 통덫을 찾아야 한다며 근처 동물병원으로 나를 이끌었다. 그곳에 얼마 전 네가 3구역에서 구조했다는 고양이 세 마리가 있었다. 한 마리는 배에 붕대를 감고 있었고, 또 한 마리는 한쪽 눈을 제대로 뜨지 못했으며, 나머지 한 마리는 꼬리가 반쯤 잘려나가고 없었다. 나는 유리 케이지 앞에 붙어서서 물끄러미 그 고양이들을 내려다보고 있었다. 아니, 실은 수의사와 마주선 네 모습이 바로 비치는 유리창에 내내 시선을 고정하고 있었다. 오십만원, 사십만원, 백이십만원. 계속 추가되는 병원비와 입원비 내역을 듣는 네 얼굴에선 걱정스럽거나 놀란 기색을 발견하기 어려웠다.

그날 저녁 우리는 여덟시가 넘을 때까지 태비를 기다렸다.

내가 먼저 철제 대문을 넘어 교회 안으로 들어섰고, 대문 너머로 통덫을 넘겨준 네가 뒤따라 대문을 넘어왔다. 덫 안에 캔을 듬뿍 쏟아놓고 멀찌감치 떨어진 곳에 쪼그리고 앉은 채로 태비를 기다리는 동안 날이 저물었다. 바람이 점점 차가워졌고 빈 교회 건물 안에서 뭔가 삐걱이고 덜컹이는 소리가 새어나올 때도 있었다.

우리가 통덫 설치하는 걸 본 건 아니겠죠? 담요라도 하나 가져와서 안 보이게 덮는 건데. 얘들이 정말 똑똑하거든요. 왜 안 올까요? 별일 있는 건 아니겠죠? 요즘 워낙 이상한 사람들이 많잖아요. 얼마 전에도 시장 쪽 애들이 다 죽었대요. 누가 사료에 쥐약을 탔다나봐요. 어쩜 사람들이 그럴까요.

너는 목소리를 낮추며 자꾸만 내 쪽으로 상체를 기울였다. 그때마다 네가 입은 모직 니트에서 버터 냄새 같은 게 올라오다 말다가 했다. 내가 잠깐씩 휴대폰을 열어 시간을 확인하는 동안에도 너는 통덫에서 시선을 떼지 못했다. 태비에 대한 걱정이 폐가나 다름없는 건물을 마주하고 있다는 공포나 두려움 같은 걸 말끔히 지워버린 모양이었다.

오늘은 안 올 것 같은데요.

내가 그렇게 말하고 나서야 너는 못 이긴 척 몸을 일으켰다. 아홉시가 훨씬 넘은 시각이었다. 너는 통덫을 두고 갈지, 가져갈지 잠깐 고민하다가 가져가는 쪽으로 마음먹은 듯했다. 한 손에 통덫을 든 네가 앞장서고 내가 뒤따라 걸었다. 수시로 오가는 차들을 피해 좁고 어두운 골목을 빠져나와 환한 편의점 앞에 이르렀을 때 네가 말했다.

오늘 너무 감사했어요. 혹시 내일도 시간 되세요? 마음먹은 김에 빨리 구조하는 게 좋지 않을까 해서요.

내일은 일이 있어서요. 어떻게 될지 잘 모르겠네요.

나는 미적거리다가 그런 애매한 대답을 한 뒤 돌아섰고 골목 끝에서 길 건너 횡단보도 쪽으로 걸어가는 네 뒷모습을 오래 지켜보았다. 집으로 돌아오면서는 네가 좀 유별난 사람이라는 생각을 했던 것 같다. 아픈 동물을 가엽게 여기고 어떻게든 도움을 주려는 건 분명해 보였지만 뭔가 과하다는 생각이 들었고 유난스럽게 여겨졌다.

그럼에도 며칠 뒤 네가 다시 연락을 해왔을 때 나는 이끌리듯 또 교회 앞으로 나갔다.

후드를 뒤집어쓰고 품이 큰 점퍼를 입은 채 통덫을 들고 서 있는 너는 지난번 만났을 때와 또 느낌이 달랐다. 약간 부은 듯한 두 눈은 앳되어 보였고 기침을 하려고 고개를 돌릴 때마다 잡아당기듯 위로 말려올라간 입매가 도드라졌다. 너는 오늘은 어떻게든 태비를 구조하겠다고 다짐을 두었지만 소득 없이 두 시간을 흘려보내고 난 뒤에는 다시금 며칠만 더 도와달라고 사정했다.

통덫을 몇 개 더 가져와볼게요. 여기 하나 두고 저쪽 끝에 하나, 저 담벼락 위에도 하나 두고요.

네 머리카락에 조그마한 낙엽 조각들이 달라붙어 있었다. 네가 사방을 살피느라 이리저리 고개를 돌릴 때마다 부스러기 같은 낙엽 조각들이 미세하게 팔락거렸다. 나는 네 머리칼 끝에 붙은 낙엽만 대충 털어내줄 생각이었다. 그러나 길고 구불구불한 머리카락이 엉킨 탓에 자꾸만 두 손으로 머리카락 사이에 있는 낙엽 조각을 하나씩 골라내게 됐다.

어색함이 감돌았다.

그리고 그 순간 거절해야겠다는 생각을 한 것 같다. 그게 뭐든. 너를 만날 일을 더는 만들어선 안 된다는 생각이 들어서였다. 그렇게 하지 않으면 너라는 사람에 대한 호기심과 궁금증이 이대로 계속 걷잡을 수 없이 커질 거라는 걸 직감했는지도 몰랐다.

제가 이사 준비도 해야 하고 저녁마다 나오기는 어려워요.

한참 만에 내가 대답했고 네가 말했다.

이사요? 아직 이주 결정 안 떨어졌잖아요.

언제 나가든 나가야 하잖아요.

너는 의외라는 듯 내 얼굴을 빤히 바라보다가 지갑에서 명함을 꺼냈다. 삼광 중개사무소라고 크게 적힌 상호 아래 실장이라는 직함과 이름이 적혀 있었다.

저희 사무실이에요. 가격이랑 조건만 말해주시면 집은 제가 찾아볼 수 있어요. 어디, 이 근처로 구하세요? 아니다. 집 구할 때 중요하게 생각하는 거, 세 가지만 말해주세요. 그럼 제가 적당한 집을 골라볼게요.

네가 거듭 제안했고 나는 처음부터 거절의 의사도 반박할 마음도 없었던 사람처럼 다시금 그러겠다고 대답해버렸다. 대략적인 전세 보증금과 최소한의 넓이, 너무 낡은 건물은 아니었으면 한다는 내 이야기가 끝난 뒤 너는 한번 더 확인을 했고 적당한 집을 찾아보겠다고 약속했다.

며칠간 우리는 저녁마다 통덫을 놓고 태비를 기다렸다.

퇴근 후 지하철을 기다리고, 붐비는 마을버스에 몸을 밀어넣고, 어둑어둑해진 골목을 걸어 마침내 귀가하면 다시 옷을 챙겨 입고 나가서 몇 시간씩 통덫 앞에 쪼그려앉아 오지 않는 태비를 기다려야 하는 일이 귀찮고 번거로운 숙제처럼 여겨졌지만, 막상 너와 있으면 시간이 잘 갔다.

교회 앞을 오가는 사람들을 내다보고, 하나씩 불이 들어오는 빌라 건물을 올려다보고, 끊어질 듯 끊어지지 않는 네 이야기를 듣고 있을 때면 사는 동안 내가 이 골목에서 지겹도록 느껴왔던 공포와 두려움이 옅어지고, 낡고 쇠락한 동네가 주는 갑갑함과 답답함도 사라지고, 신기할 정도로 평화롭고 편안한 기분에 휩싸일 때도 있었다.

나는 태비를 기다리고 있다는 사실을 종종 잊었다.

고양이를 구조하러 온 게 아니라 너와 시시콜콜한 이야기를 나누려고 이곳에 온 게 아닐까 하는 착각이 들 정도였다. 묻고 답하는 데 정신이 팔려 있다가 멀찌감치 놓아둔 통덫이 눈에 들어오면 비로소 내가 왜 이곳에 왔는지 새삼스레 깨닫게 되는 식이었다.

너는 나보다 일곱 살이 어렸다. 대학을 졸업하고 증권회사에서 일하다가 오 년 전부터는 길 건너편 중개사무소에서 일한다고 했다. 외할아버지가 운영하던 부동산을 외삼촌이 물려받았고, 외삼촌 밑에서 공인중개사 시험을 준비하며 일을 배우고 있다는 이야기가 이어졌다. 네가 사는 1구역 재개발은 십오 년 전에 정식으로 이야기가 나왔는데 무산되고 재개되고 다시 무산되고 재개되며 다들 포기할 즈음이 되어서야 제대로 진행되기 시작했다고 했다. 덕분에 헐값에 사놓은 투룸 가격이 세 배나 뛰었고 아파트 분양권을 팔아 적지 않은 차익을 남겼다고도 했다.

듣다보면 너는 나보다 일곱 살이 어린 게 아니라, 일곱 살이 많은 사람처럼 느껴졌고, 내가 결코 경험할 수 없고, 경험할 리 없는 일들을 보고 듣고 겪은 사람처럼 보였다.

원래 1구역에서 살았어요?

내가 묻고 네가 답했다.

아뇨. 저도 여기 3구역 출신이에요. 거의 토박이나 다름없어요. 저희 할아버지가 부동산을 오래하셨거든요. 몇 년 전에 1구역 개발된다는 얘기를 하시길래 저랑 부모님도 그때 처음 집 보러 다녔어요.

언제요?

오 년 전인가. 아니다. 한 칠 년 된 거 같은데요.

그때 집을 산 거예요?

샀죠. 그때 대출 끼고 몇 개 더 사뒀으면 좋았을걸. 저희 부모님은 아직도 그 이야기 하세요.

사두길 잘한 거네요.

잘한 거죠. 정말 백번 잘한 일이죠.

나는 고개를 끄덕이고 말았다. 긴 시간과 노력과 비용을 투자했으니 그만한 보상이 따르는 게 당연하다고 생각했고, 투자니 투기니 말들이 많았지만 주변에 그런 경험담을 털어놓는 사람들이 아주 없지 않았으므로 잠깐 부럽다는 생각을 한 게 다였다. 무엇보다 3구역에서 1구역으로 옮겨간 게 대단히 큰 변화라고 느껴지지는 않았다.

다만 그때는 뭐든 알려주고 설명해주려는 네 성격이 공인중개사라는 직업에 잘 어울린다고 생각했던 것 같다. 이런 사적인 이야기를 어떻게 이토록 쉽게 할 수 있을까 하는 의문이 들 때도 있었지만 손님을 놓치지 않으려는 강박 같은 게 습관으로 굳어진 거라고 짐작했다. 어쨌거나 그 모든 이야기가 나라는 사람에 대한 호의일 거라는 생각에는 변함이 없었다. 너는 솔직한 사람 같았고 다정과 친절 같은 것들이 몸에 배어 있었다. 안간힘을 쓴다는 인상은 받지 못했다. 모든 게 자연스러웠고 거짓이라고 의심할 만한 것은 하나도 없었다.

퇴근 후에는 주로 뭘 하세요?

한동안 네 이야기는 재개발로 들썩이는 이곳 3구역의 상황과 여기 사는 길고양이들 주변만을 맴돌았다. 그러다 사흘째 되던 날 내 얼굴을 바라보며 그렇게 물었다.

딱히 하는 건 없어요.

나는 늘 짤막하게 대답하는 편이었다. 그러나 시간이 지날수록 말이 조금씩 더 길어졌고 할 필요가 없는 이야기들을 자꾸 보태게 됐다. 잠이 들 무렵이면 너무 많은 말을 한 것 같아서 후회스러웠고, 버스 정류장에서, 구내식당에서, 복도에서 내가 한 말과 행동을 돌이켜 생각할 때가 잦았지만 너와 나란히 앉아 있을 땐 다시금 이야기를 하고 듣는 데에 정신이 팔렸다.

사흘이 지나고부터 우리의 대화는 한 번도 본 적 없는 서로의 일상을 제법 편하게 오갔다. 네가 오늘 낮에 왔던 손님의 무례함에 대해 하소연하면 내가 오래전에 직장에서 만났던 더 무례한 사람에 대해 말하는 식이었다. 길 건너편에 새로 생긴 카페나 베이커리에 대해 이야기했고, 지금은 없어진 식당과 오래된 가게의 상호를 기억해내고 그곳이 얼마나 좋았는지, 나빴는지, 그저 그랬는지, 품평을 늘어놓기도 했다.

아, 우리 왜 이제 만난 걸까요? 진작 만났으면 좋았을걸. 그죠?

네가 말하면 나는 웃었다.

지금은 사라지고 없는 어떤 것들을 네가 똑같이 기억하고 있다는 사실은 이상하면서도 반가웠다. 우리가 이 동네에서 한 번쯤은 마주쳤을지도 모른다는 생각. 오며가며 틀림없이 한 번은 만났을 거라는 짐작. 그렇게 생각하면 네가 조금 더 친근하게 느껴졌고 가깝게 여겨졌으므로 나는 그런 생각들을 하지 않으려고 애써야 했다. 어떤 식으로든 마음이라고 할 만한 게 한번 생겨나면 좀처럼 없애기 힘들다는 것을 나는 모르지 않는 나이였다.

한번은 네가 휴대폰을 열어 그동안 구조한 길고양이들의 사진을 보여준 적이 있다.

사진을 하나씩 넘기다보면 고양이와 전혀 무관한 사진이 한두 장씩 튀어나오곤 했다. 사진 속에서 너는 운전석에 앉아 있거나 통유리 너머로 밖이 그대로 내다보이는 거실 소파에 앉아 있거나 사람들과 커다란 테이블 앞에 둘러앉아 있었다. 그런 사진이 나오면 창피한 듯 휴대폰을 빼앗듯 되가져가던 너는 어느 순간부터 조금씩 설명을 덧붙이기 시작했다.

수줍은 듯 언제, 어디서, 누구와, 무엇을 했는지 말하는 네 얼굴은 신중하고 진지하고 또 얼마간 조심스러워 보였다.

아, 그래요? 그러네요.

네 설명이 끝날 때까지 기다렸다가 나는 간단히 대꾸했다. 단 한 번도 사진 속에서 내가 본 것이 무엇이고 정말 궁금한 것이 무엇인지 말한 적은 없었다. 사진 속에서 먼 배경으로 물러나 있지만 눈길을 사로잡는 것들. 이를테면 거실 창 너머로 어떤 건물의 방해도 받지 않고 온전히 내다보이는 하늘, 네가 입은 재킷과 네가 든 가방, 운전대에 새겨진 엠블럼이나 식탁 위에 놓인 와인병과 쇼핑백 같은 것들에 대해서는 입을 다물 수밖에 없었다.

통덫을 세 개나 놓아두었지만 태비는 구조하지 못했다.

한 주가 더 지난 토요일에 나는 너를 다시 만났다. 네가 골라놓은 집들을 둘러보기 위해서였다. 아주 맑은 날이었다. 나는 집에서 나와 팔차선 도로를 건너고 네가 알려준 아파트 단지 끝까지 걸어갔다. 초등학교를 지나고 학원 간판 여러 개를 지나자 삼광중개사무소 간판이 보였다. 다가가자 문 앞에 서 있던 네가 알은체를 했다.

일찍 왔네요. 점심 먹었어요? 근처에 맛있는 파스타집 있는데 이따가 같이 가요. 아니다, 뭐 좋아해요? 좋아하는 거 있어요?

너는 익숙한 듯 사무소 앞에 세워둔 차에 시동을 걸었고 내게 타라는 손짓을 했다.

처음 간 곳은 1구역 아파트 단지 바로 옆 동네였다. 옆 동네라지만 고개를 넘어야 했고 가파른 오르막이 끝없이 이어졌다. 고만고만한 다세대 건물과 빌라들이 오밀조밀 모여 있는 곳이어서 네가 자주 차창 밖으로 고개를 빼고 건물 이름을 일일이 확인해야 했다. 재개발구역에서 제외된 탓에 그곳은 내가 사는 3구역과 비슷해 보였고 별다를 게 없어 보였지만 아파트촌 바로 옆이라는 이유로 가격이 터무니없이 치솟아 있었다.

진짜 여기도 빨리 재개발이 되어야 하는데 큰일이에요.

주차할 곳이 마땅치 않았기 때문에 이리로 저리로 차를 돌리며 너는 혼잣말처럼 중얼거렸고, 차에서 내린 뒤에는 재빠르게 건물 안으로 들어가 현관문을 열어 보였다.

어때요? 나쁘지 않죠?

네가 물으면 나는 창을 열어보거나 싱크대에 물을 틀어보거나 하는 식으로 대답을 미루었다가 신발을 챙겨 신고 먼저 집을 나왔다. 그러면 너는 더 권하거나 묻지 않고 문단속을 한 뒤 나를 따라 나왔다. 차를 타고 이동하는 동안 내 기분을 살피듯 잠깐씩 내 얼굴을 빤히 바라볼 때도 있었지만 그뿐이었다.

아무래도 이 동네가 오르막이 좀 심하긴 해요. 그죠?

세번째 집까지 보고 난 뒤 너는 조금 더 먼 쪽으로 차를 몰았고 그렇게 동네를 두 번 더 옮기는 동안에도 내 대답을 기다리기만 했다. 좀처럼 나타나지 않는 태비에 관해 말할 때나 철거될 동네에 남을 길고양이들에 대해 염려할 때에만 잠깐씩 목소리가 높아졌는데 그런 순간에는 폐허나 다름없는 교회 앞마당에서 함께 태비를 기다리던 사람이 네가 맞구나 새삼스레 생각하게 됐다.

이 집도 몇 년 전만 해도 진짜 헐값이었거든요. 그때 하나 사뒀으면 좋았을 텐데. 그럼 이렇게 집 구한다고 고생 안 해도 되잖아요.

다섯번째인가, 여섯번째 집을 보고 나올 때에 네가 불쑥 말했다. 먼저 계단을 내려가던 내가 올려다보자 너는 한마디 더 했다.

아마 여기도 곧 재개발 얘기 나올걸요. 뭐, 얘기 나온다고 당장 되는 건 아니겠지만 되긴 되겠죠. 사람들이 조르면 공무원들도 별 수없잖아요. 상권이니 뭐니 다 죽은 동네를 무슨 수로 살리겠어요. 부수고 새로 지어야지.

네 목소리가 고요한 복도에 울렸다.

이대로도 개발은 할 수 있을 텐데요.

나는 허름한 주택을 개조해서 카페를 만들고, 서점을 열고, 식당을 차린 사람들의 이야기를 하려고 했다. 낡고 오래된 건물들도 조금 손을 보면 바뀔 수 있다는 이야기를 하고 싶었고, 실제로 사람들이 붐비는 몇몇 동네에 대해 말할 생각이었다.

너는 듣지 못한 것 같았다.

아, 맞다. 저쪽 도서관 너머엔 아직 싼 집 좀 남아 있을 거예요. 대출 끼고 그런 거 하나 사놓으면 어때요? 3구역에도 이렇게 돈 번 사람 많아요. 편의점 뒤에 고로케집 있죠? 거기 주인도 몇 년 전에 급매로 빌라 두 채 사놨는데 그게 지금 엄청 올랐잖아요. 제가 말했죠? 저도 그 근처에 하나 사놨다고요. 하긴 요령 있는 사람들이야 어디서나 잘살죠. 아무것도 모르는 고양이들만 불쌍하지.

운전석에 앉은 네가 시동을 걸고 차를 몰았다. 어디론가 전화를 걸고 능숙하게 통화를 하는 네 모습은 또 조금 낯설어져 있었다. 어스름이 깔린 골목을 거의 다 빠져나왔을 때에야 뭔가가 긁고 간 것처럼 속이 따끔거리기 시작했다. 나는 조수석에 앉은 채 차창을 열었고 차가운 바람을 들이마셨다. 어떤 의도 같은 게 있을 리 없다고 생각하면서도 네가 한 말의 의미를 자꾸 요리조리 돌려보게 됐다.

재개발이 될지도 모른다는 집주인의 설명이 있었고, 언제든 나가겠다는 약속을 한 뒤에 계약을 했고, 시세보다 저렴하게 칠 년이나 살았으니 다행스럽고 고마운 일이라고 여겨온 내가 멍청했던 걸까, 하는 생각이 들었고, 이 모든 일이 요령 없이 살아온 내 탓일까, 하는 자책이 살아났다. 도대체 네 눈엔 나라는 사람이 어떻게 보이는 걸까 하는 데까지 생각이 미치자 더는 그곳에 있기가 힘들었다.

오늘은 더 안 봐도 될 것 같아요.

차가 잠시 멈춰 섰을 때 내가 말했다. 너는 라디오 볼륨을 조금 낮춘 뒤 내 쪽을 보며 말했다.

바로 요 앞이에요. 이제 다 왔는데.

아뇨. 오늘은 그만 볼게요.

여긴 매매로 나온 데예요. 지금 보증금에서 한 오천 정도만 대출 내면 살 수 있을 거예요. 내가 주인한테 잘 말해볼게요.

내가 말이 없자 너는 한마디 더 했다.

대출 받는 거 겁낼 필요 없어요. 이자 비싸다고 하지만 나중에 집값 오르는 거 보면 잘했다는 마음 들걸요? 제가 아는 은행 직원 있는데 소개해줄게요.

다음에요.

나는 중개사무소 앞 큰길에서 내려달라고 했고 차에서 내리자마자 뒤도 돌아보지 않고 걸었다.

서른 중반이 다 되도록 아무 요령도, 준비도 없이 살아왔다는 생각은 차츰 잦아들었다. 네 눈엔 틀림없이 내가 무능하고 한심하게 보였을 거라는 생각도 점점 옅어졌다. 끝까지 남은 건, 멀쩡한 동네에 재개발이니 재건축이니 하는 기대감을 전염시키고 십 년이 넘도록 그곳 사람들을 끙끙 앓게 만드는 게 바로 너 같은 사람들이구나 하는 깨달음이었다.

다시는 너를 볼 일이 없을 거라고 여겼고, 더는 만날 필요가 없다고 생각했지만 한 주가 더 지난 주말에 나는 다시 너를 만났다.

매일 저녁 위치와 가격, 너비와 구조가 적당한 집들을 골라 사진을 찍어 보내주는 네 수고에 못 이긴 척했고, 태비를 구조했다는 문자에 놀란 듯 굴었지만 스스로도 왜 네 연락에 이토록 무방비 상태가 되는지 이해할 수 없었다.

구조하고 보니까 구내염이 더 심해졌더라고요.

너는 편의점 앞에 쪼그리고 앉아 있다가 몸을 일으켰다. 네 발 아래 담요로 덮인 통덫이 있었다. 너는 담요를 들추고 통덫 안을 잠깐 보여주었다. 거기 태비가 있었다. 통덫 끄트머리에 몸을 붙인 채 커다란 눈으로 나를 노려보는 태비의 입가는 뭉개진 찰흙처럼 보였다.

같이 애써주셨는데 얘 얼굴은 보여줘야 할 것 같아서요.

편의점을 드나드는 사람들을 피해 우리는 조금씩 더 옆으로 물러섰다. 저쪽에서 담배를 피우던 사람들이 통덫을 힐끔거렸다.

병원에 데려다주는 거예요?

한참 만에 내가 묻고 네가 답했다.

일단 병원에서 치료하고 쉼터에 넣어놓으려고요.

쉼터요?

아, 제가 말 안 했어요? 요 뒤에 제가 쉼터 하나 얻어놨거든요. 오래 비어 있는 집이 있어서.

너는 거기까지 말하고 잠시 망설이는 듯하다가 나머지 말을 했다.

사실 이 말은 안 하려고 했는데. 제가 몇 년 전에 사놨다는 집 있잖아요, 이 근처에. 거기예요. 워낙 오래된 집이라 세도 잘 안 나가고 어차피 재개발될 거니까 당분간만 애들 데리고 있으려고

요. 얘도 치료하고 입양 안 되면 거기 쉼터에 넣어놔야죠. 어쩌겠어요.

이 근처예요?

저 뒤편 고깃집 뒤에 단독주택 있죠? 거기예요.

나도 아는 곳이었다. 자동차 두 대를 동시에 주차할 만큼 마당이 넓은 집이었다. 열린 대문 틈으로 나무 덱이 놓인 그 마당을 몇 번 엿본 적이 있었다. 쉼터가 갈 곳 없는 고양이 보호소라는 것도 고양이들을 위해 단독주택을 통째로 쓰고 있다는 사실도 놀라웠지만, 네가 그 이야기를 지금껏 내게 하지 않았다는 사실이 더 놀라웠다.

그건 나에 대한 배려였을까. 왜 그런 배려를 했을까. 왜 그런 배려가 필요하다고 느꼈을까.

생각은 빠르게 번졌고 걷잡을 수 없이 커졌다. 씁쓸함이 감돌았고 당혹스러운 기분이 들다가 차츰 불쾌감으로 번졌다. 그곳에 서서 불쾌감을 느끼고 있는 스스로를 너에게 들키고 싶은 마음은 없었다. 나는 담요를 들추고 태비를 한번 더 들여다본 뒤 너에게 인사를 하고 집으로 돌아왔다. 집으로 돌아오는 동안에는 다시는 너를 만나지 않겠다고 생각했던 것 같다.

너에 대한 내 감정이 호감이든 관심이든, 그게 뭐든 더는 불가능하다는 생각이 들어서였다.

그러니까 그 밤에 내가 실감한 건 너와의 간극이었고 격차였다.

그것에 비하면 내가 너라는 사람에 대해 염려하고 걱정했던 다른 모든 것들은 정말 아무것도 아닌 것에 불과했다. 그렇게 생각하자 얼마간 체념하는 심정이 되었고 차라리 마음이 편했다.

그리고 이틀 뒤, 일이 늦어질 것 같다며 병원에 맡겨놓은 태비를 한번 들여다봐줄 수 없겠냐는 네 연락에 나는 또 그렇게 하겠다고 대답해버렸다.

저녁 일곱시 전에 병원에 도착하려면 퇴근 후 곧장 병원으로 가야 했다. 수시로 휴대폰을 열어 시각을 확인하면서 도대체 왜 이러고 있을까 생각했고, 이렇게까지 할 필요가 있을까 생각했지만 간신히 시간에 맞춰 병원 앞에 도착했을 때는 비로소 안도하는 마음이 생기고, 너에 대해서라면 이제 어쩔 수 없어졌구나 포기하는 마음이 되었다.

그사이 주민센터에서는 간담회가 두 번 더 열렸다.

첫번째 간담회에선 주민들 사이의 말싸움이 큰 다툼으로 번져서 일찌감치 자리가 파했다. 기물이 파손되고 공무원 하나가 뺨을 맞은 그날의 소동으로 주민 서너 명에게 벌금형이 부과되었다. 덕분에 두번째 간담회는 비교적 차분하게 진행됐다.

여기 계신 분들 모두 어렵다는 거 압니다. 저희들도 한 분 한 분 최대한 사정을 들으려고 노력하고 있습니다. 일단 1차 협의에서 나온 사항을 잠시 말씀드리겠습니다.

행정관이라는 사람이 나와 스크린에 띄운 구역별 지도를 가리키며 설명을 이어나가는 동안, 나는 자주 고개를 돌려 네가 서 있는 쪽을 흘끔거렸다. 너는 상가 주인으로 보이는 사람들과, 이 동네에 거주하지 않는 집주인임이 분명한 사람들 틈에 끼어 있었다. 이따금씩 내 쪽을 보는가 싶다가도 다시 보면 주변 사람들처럼 한마디도 놓치지 않겠다는 듯 팔짱을 낀 채 스크린 쪽에 시선을 두고 있었다. 그럴 때 네 눈빛과 표정 같은 것들은 네 주변을 둘러싸고 있는 사람들의 그것과 비슷해 보였고 닮은 듯했지만, 간담회가 끝나고 나와 마주섰을 땐 내가 기억하는 익숙한 얼굴로 돌아와 있었다.

그날 나는 처음으로 너와 그 쉼터에 가기로 했다.

쉼터에 가기 전 병원에 들러 태비를 데려올 계획이었지만 네가 세림빌라 이야기를 꺼내는 바람에 그곳에 먼저 들르게 됐다. 그곳은 3구역 가장 끝에 있는 빌라였다. 한 동에 여덟 집. 네 동짜리 빌라 거주민의 반이 이미 이주를 마친 곳이어서 간담회가 열릴 때마다 행정관이 여러 차례 모범적인 사례로 소개하는 곳이었다. 사십 년이 넘은 건물이라는 말은 들어서 알고 있었지만 실제로 마주한 건물은 그보다 훨씬 더 오래되어 보였다.

너는 얼룩덜룩한 건물 외벽과 창문이 열린 집들을 한참 올려다보고 빌라로 들어섰다. 행정관의 말대로 그곳은 거의 비어 있었다. 너는 계단을 오르며 현관문이 닫힌 집들을 지나쳤고 문이 열려 있는 집안으로 들어섰다. 그러고선 버려진 옷걸이 하나를 찾아냈고 그걸로 집안 곳곳을 두드리며 시끄러운 소리를 내기 시작했다.

탕탕 하는 소리가 빈 실내를 때렸다.

이런 빈집에 애들이 많이 들어오거든요. 한번 자리잡으면 안 나가니까 위험하죠. 언제 헐릴지도 모르는데. 여기도 한번 와서 애들 구조해야 되는데 큰일이네요.

네가 플라스틱 물통을 하나 주워서 건넸고 나도 벽을 때리며 소음을 내기 시작했다. 너는 사람들이 버리고 간 장롱 문을 하나씩 열어보고 도저히 고양이가 있을 법하지 않은 서랍장과 싱크대, 신발장, 베란다 구석 선반까지 확인하고 나서야 창문과 현관문을 꼼꼼히 닫고 집을 나왔다.

그런 후엔 문이 열린 또다른 집으로 이동하는 거였다.

애들 참 가엽죠? 애들 생각하면 재개발이고 뭐고 그냥 가만히 내버려뒀으면 좋겠어요. 얘네가 무슨 죄예요.

너는 바닥에 엎드리다시피 해서 싱크대 안을 살피며 그렇게 중얼거렸고,

사람들이 언제 이렇게 다 나갔을까요? 3구역 사람들이 다 이렇게 군말 없이 빨리 나가주면 참 좋을 텐데. 오늘 보니까 쉽지 않겠더라고요.

베란다 창 앞에 서서 멀리 3구역 쪽을 내다보며 혼잣말을 했다.

너는 길고양이를 끔찍이 생각하는 사람이고 요령 있게 집을 사고팔며 차익을 남길 줄 아는 사람이고 내게 아무런 경계심 없이

사적인 이야기를 늘어놓는 사람이고, 누구나 관심 있어 하고 궁금해할 정보를 대가 없이 공유하는 사람이고 낡고 오래된 것들은 말끔히 부수어야 한다고 믿는 사람이고, 몇 날 며칠씩 오지 않는 고양이를 기다리는 사람이고.

그러므로 결코 내가 다 알 수 없는 사람이라는 생각이 들었다.

어떻게 해도 너라는 사람을 다 알 수는 없겠구나. 너에 대해 무엇을 상상하고 기대하든 그것은 어김없이 비껴나고 어긋나고 말겠구나. 집안 구석구석을 살피며 필사적으로 고양이를 찾아다니는 너를 지켜보는 동안 나를 사로잡은 건 그런 예감이었다.

세림빌라에서 나왔을 땐 주변이 어둑어둑했다. 너는 건물 앞에 멈춰 선 채 가방을 뒤적거렸다. 사료 봉지와 유리그릇, 추르와 약봉지 같은 것들이 뒤엉킨 가방에서 한참 만에 물티슈를 찾아냈고 한 장을 뽑아 내게 건넸다. 더러워진 손을 꼼꼼하게 닦은 뒤 네가 앞장섰고 내가 뒤따랐다.

이렇게 오래 있을 생각은 아니었는데 시간이 벌써 이렇게 됐네. 피곤하죠?

고개를 들면 내가 사는 3구역이 그대로 내다보였고 그 너머로 상대적으로 높고 반듯한 1구역의 모습이 보이다가 말다가 했다.

3구역이 이렇게 생겼구나.

잠깐씩 고개를 돌릴 때마다 3구역은 넓어졌다가 어두워졌다가 깊어졌다. 높이감을 느낄 수 없는 건물들이 오밀조밀 모인 풍경은 웅덩이처럼 보였고, 재개발을 몇 번이고 반복한다 해도 이곳을 어떻게 바꿔놓을 수 없을 것 같았다.

피곤하면 다음에 가도 돼요. 태비는 제가 그냥 데려다놓으면 되거든요. 그래도 보고 싶지 않아요? 애들 너무 예쁘잖아요.

그러나 몇 걸음 앞서 걷던 네가 그렇게 물었을 땐 나는 또다시 이끌리듯 그러겠다고 대답하며 걸음을 빨리했다.

다른
기억

학기가 시작되고 얼마 되지 않았을 때였다.

너는 학교 앞 작은 햄버거 가게에 앉자마자 바로 그 이야기를 꺼냈다. 누군가가 들을지도 모른다는 듯 나지막하고 조심스러운 목소리였다.

임선생님 수업 없어질 수도 있대.

고개를 들면 창밖이 환하게 내다보였다. 널찍한 횡단보도 앞에서 신호를 기다리는 학생들의 모습이 보였고 버스가 정차할 때마다 학생들이 쏟아졌다. 학교 앞은 금세 붐볐다. 겨울 내내 학교를 짓누르던 적막 같은 것은 찾아볼 수 없었다. 나는 막 꽃이 피어나려는 벚나무에 잠시 정신이 팔렸다.

네 말이 사실일 거라고는 생각하지 못했다. 처음엔 선생님이 다른 수업을 개설하려고 준비중이거나 수강 신청 시스템에 착오가 생긴 거라고 짐작했다. 주문한 햄버거 세트가 나왔고 사이좋게 햄버거와 감자튀김 같은 걸 나눠 먹는 동안 선생님 이야기는 까맣게 잊어버렸다. 너와 있으면 대부분의 일이 그렇게 됐다.

며칠이 더 지나고 나서야 네 말이 틀리지 않았다는 걸 확인할 수 있었다.

누가 교수님을 고소했다던데?

누군가는 그렇게 말했다.

몸이 많이 아프시대.

그렇게 말하는 사람도 있었다.

수업 평가 때문이라는 이야기. 이혼소송 때문이라는 이야기. 학과장이나 총장에게 밉보였다는 이야기. 다른 교수들이 모함했다는 이야기. 그런 추측과 억측 중에는 선생님이 학회비와 연구비를 횡령하고 지인들에게 사기를 쳤다는 이야기도 있었다. 실제로 낯선 사람들이 선생님 연구실 앞에 서서 목소리를 높이며 험악한 분위기를 만들었다는 구체적인 목격담이 돌기도 했다.

학교 신문사에 소속되어 있던 우리는 그런 시답잖은 이야기들을 입에 올린 적이 없었다. 신문사 주간 교수였던 선생님은 그런 지저분한 일에 연루될 사람이 아니라는 확신이 있어서였다. 방학을 제외하고 신문이 발행되는 학기중에 우리는 거의 매주 선생님을 만났다. 그러므로 그런 질 나쁜 소문들은 선생님을 잘 모르는 사람들이나 시시덕거릴 수 있다고 생각했다.

한동안 주간 자리는 공석이었다.

기획회의를 하고 인터뷰 대상자를 선정하고 기사를 작성하고 조판하는 모든 과정을 우리 스스로 해내야 했다. 쉽지 않은 일이었다. 의견들은 좀처럼 하나로 모아지지 않았다. 회의는 길어졌고 그러다보면 다들 신경이 곤두서서 언성을 높이는 일이 잦았다. 문제는 후배들도, 동기들도 편집장인 네 말을 따르려고 하지 않는 데에 있었다.

네가 뭔가 결정을 하려고 하면 누군가 항상 그에 반하는 의견을 냈다. 그러면 너는 그 사람의 의견을 끝까지 들었다. 그렇게 하는 것이 옳다고 생각해서였을 것이다. 그러나 모두의 의견을 다 듣는다는 것은 모두에게 고된 일이었다. 편집장으로서 너의 권위와 신뢰를 떨어뜨리는 일이기도 했다.

네가 편집장이 된 데는 선생님의 도움이 컸다. 선생님의 부재가 새삼 그런 지난 일들을 상기시키는지도 몰랐다. 선생님이 편애하는 너에 대한 억울함, 부당함 따위의 감정들을 되살아나게 하는지도 몰랐다. 어쩌면 선생님을 따라다니는 지저분한 말들이 얼마간 너에게 영향을 끼치는지도 몰랐다.

편집장인 너의 의견은 자주 무시되고 묵살되었다. 너는 그것을 배려와 양보라고 여기는 듯했다. 리더로서 네가 감당해야 하는 몫이라고 여기는 것 같았다.

내가 문제인 거 같아. 그지?

그럼에도 네가 물으면 나는 잘하고 있다고, 잘할 수 있다고 말했다. 한 조직을 이끌어가기에 너는 지나치게 예민하고 무르고 겁이 많은 사람이라는 말은 단 한 번도 한 적이 없었다. 어쨌든 매주 신문이 나왔고 그건 네가 최선을 다하고 있다는 의미였다.

4월이 되기 전에 주간 교수가 새로 왔다.

그는 법학대 소속의 늙은 남자 교수였다. 나와 동기들이 가장 먼저 한 일은 주간실 문 앞에 붙은 선생님의 이름을 떼어내고 소지품과 비품들을 정리하는 일이었다.

지금 뭐하는 거야?

주간실 문에 부착된 명패에서 선생님 명함을 꺼내고 있을 때 네가 들어왔다. 반팔 차림이었는데도 땀으로 얼굴이 번들거렸다. 수업이 끝나자마자 곧장 뛰어온 모양이었다. 안에서 물건을 정리하고 있던 후배 서넛이 밖으로 나왔다. 선생님의 소지품을 담은 종이백과 가방을 양손에 든 채였다. 너는 그 종이백과 가방을 물끄러미 내려다보았다.

주간 교수가 새로 온다잖아.

나는 대수롭지 않게 답했다. 문제를 일으키지 말라는 뜻이었다. 이미 결정된 일이므로 네가 그만 이 상황을 받아들여야 한다는 의미이기도 했다.

그냥 둬.

너는 그럴 생각이 없어 보였다. 나를 끌어내다시피 해서 기어이 명패에서 물러나게 했다. 팔에 닿은 네 손이 뜨거웠다. 나는 몇 걸음 떨어진 채로 너를 바라봤다. 네 얼굴은 당혹스러움과 미안함, 분노와 실망의 감정들로 일그러졌다. 어쩔 줄 모르는 얼굴로 서 있던 후배 서넛이 종이백과 가방을 내려놓은 뒤 자리를 떴다. 문 닫히는 소리가 났다. 너는 학교가 학생들 동의 없이 멋대로 주간 교수를 바꿨다고 말했다. 일방적이고 부당한 처사라는 것이었다. 너는 잠시 말을 끊고 내 대답을 기다리는 것 같았지만 나는 무슨 말을 해야 할지 알 수 없었다.

한참 만에 나는 선생님이 징계위원회에 회부되었다고 말했다. 연구비와 출장비를 횡령하고 사문서를 조작했다는 혐의였다. 이미 너도 알고 있는 사실이었다.

그래서? 그 이야기를 왜 하는데? 그게 결론이 났어? 아직 안 났잖아.

너는 따지듯 물었다. 두 눈에 빨갛게 핏발이 서 있었다.

아무 이유도 없이 징계위원회가 열린다고 생각해?

너는 어이가 없다는 듯 내 얼굴을 빤히 바라보며 중얼거렸다.

항의할 거야, 씨발.

어떻게 할까? 어떻게 생각해? 묻는 것이 아니고 어떻게 하겠다고 말한 것이다. 그게 선생님에게 아무 도움이 안 될 거라는 동기들의 만류에도 너는 꿈쩍하지 않았다. 그렇게 할 거라고 말했고 정말 그렇게 했다. 이튿날 아침, 대학 본부에 가서 정식으로 이의를 제기하고 그날 저녁 신문사 건물 입구에 대자보를 붙였다.

밤새 컴퓨터 앞에 앉아 원고를 작성하고, 커다란 전지 위에 그 원고를 또박또박 써내려갔을 네 마음을 모르는 바는 아니었다. 선생님이 신문사 주간으로서 학내에서 일어난 부당한 문제들에 관심을 갖고, 옳은 의견을 내고, 학생들의 권익을 위해 힘써온 사람이라는 내용도 틀린 말은 아니었다.

대자보를 왜 네 멋대로 붙여?

그날 오후 네가 신문사로 들어서자마자 동기 하나가 그렇게 물었다. 목소리에 날이 서 있었다. 너는 신문사와는 관련이 없고 어디까지나 개인적으로 쓴 글이라고 항변했다. 자리에 앉아 컴퓨터를 켜는 네 모습에서 더 말하고 싶지 않은 기색이 역력했다.

그게 말이 돼? 편집장이면 처신을 똑바로 해야 할 거 아냐.

동기는 화가 난다는 듯 몸을 일으켜 너에게 다가갔다. 주변을 둘러보는 너와 눈이 마주쳤는데 나는 아무 말도 하지 않았다. 그 대자보는 편집장인 네가 신문사 건물 앞에 붙인 것이었고 그러므로 누구든 우리 모두의 의견이라고 오해할 수 있는 일이었다. 그런 불필요한 오해를 받고 싶은 마음은 없었다. 너는 잠시 침묵을 견딘 다음, 알겠다고 말했다. 대자보를 떼겠다는 의미로 알아들었지만 다음날도, 그다음날도 대자보는 그 자리에 그대로 붙어 있었다.

너의 그런 행동들이 어떤 반향을 일으키지는 못했다. 본부에서는 이렇다 할 반응이 없었고 네가 붙인 대자보는 덧붙인 광고지들로 금세 가려지고 더러워졌다.

어느 해 겨울 선생님 댁에서 잠을 깬 적이 있다. 방안은 창으로 쏟아지는 햇빛 탓에 눈이 따가울 정도였다. 내 옆에 네가 있고, 네 옆에 동기 둘이 더 있었다. 지난밤 선생님이 술에 취한 우리를 집으로 데려온 것이었다. 그날 선생님의 남편이라는 사람을 처음 봤다. 초등학생인 선생님의 딸도 만났다. 그들은 정말이지 모범적이고 이상적인 가족처럼 보였다. 그 집과 집안을 채운 모든 것이 그런 생각에 힘을 실어주었다.

학창시절 내내 좋은 성적을 유지하고, 졸업과 동시에 논문이 통과되었으며, 젊은 나이로 교수 임용에 성공했던 선생님이라면 마땅히 누려야 할 어떤 것으로 보였다. 그런 노력 끝에 얻을 수 있는 너무나 당연한 보상처럼 느껴졌다. 어쩌면 그런 것들이 그렇지 않은 사람들의 미움을 사게 만들었을 거라고 너는 믿는 것 같았다. 누군가의 시기와 질투가 선생님을 곤란에 처하게 했다고 생각하는 게 분명했다.

어서 와요.

몇 차례 약속이 흐지부지되고 한 달 만에 만난 선생님은 피로해 보였다. 물집이 터진 입가에 노랗게 진물이 맺혀 있었다. 연구실도 어수선하긴 마찬가지였다. 한쪽 벽면 책장이 텅 비어 있고, 책을 꺼냈던 자리에 하얀 먼지 자국이 선명했다. 상자마다 알 수 없는 서류 뭉치들이 가득했고 대충 닫아놓은 여행용 가방 틈으로 아무렇게나 밀어넣은 옷가지들이 보였다. 너와 나, 다른 동기 둘이 자리를 잡고 앉자 선생님이 차분하게 말을 시작했다.

내가 한동안 너무 바쁘고 정신이 없어서 실수가 좀 있었어요.

선생님은 서류 기재와 정산에 사소한 오류가 있었다며 허탈해했다. 일이 이렇게까지 커질 줄 몰랐다고 했고 살다보니 이런 일을 다 겪게 된다고 중얼거렸다. 그렇게 말할 때 선생님은 당장 이 일을 바로잡을 수 있을 것처럼 보였다.

언젠가 등록금 동결 요구가 있던 본관 앞에서 선생님을 만난 적이 있다. 만난 것은 아니고 스치듯 지나쳤는데 선생님은 나를 알아보지 못했다. 과 점퍼를 입은 선생님은 학생으로 착각할 만큼 젊어 보였다. 학생들은 커다란 과 깃대를 들고 둥그렇게 모여 서서 잡담을 하고 이따금 구호를 외쳤다. 투쟁이나 싸움이라기보다는 볕을 쬐러 나온 강아지들 같았다. 하긴 새학기가 되면 늘상 있는 일이기도 했다. 기사에 쓸 사진 몇 장을 찍은 뒤 나는 곧장 자리를 떴다. 해가 질 무렵 다시 가보니 선생님은 여전히 그곳에 있었다. 학생들의 이목을 끌고 뭔가 주도하려는 의도 같은 건 없어 보였다. 기획회의를 하고, 기사 내용의 수위를 조정하고, 헤드라인을 뽑고, 지면을 정할 때 그랬던 것처럼 선생님은 학생들 곁에서 있었고 그게 다였다.

너는 선생님의 그런 선한 행위들이 이 모든 일의 원인일 거라고 말했다. 사소해서 눈에 띄지도 않던 행동들이 선생님을 궁지로 몰아넣었다고 믿었다. 그러니까 그런 일들이 선생님을 조금씩 알 수 없는 곳으로 이끌고 결국 진흙탕 속으로 밀어넣은 거라고 확신했다.

선생님은 곧 해결이 될 거라고 말했고 걱정 말라며 우리를 다독였다. 일이 잘 마무리되면 회식을 하든, 엠티를 가든, 뭐든 하자고 말하며 선생님은 웃었다. 연구실을 나오기 전 네가 주간 교수가 새로 왔다는 이야기를 했다. 선생님은 놀란 표정이었다.

많이 놀랐겠네. 그나저나 나 때문에 어수선해서 어떡하지. 미안해서.

선생님은 알아보겠다고 했고 길어도 이번 학기가 지난 후에는 모든 게 제자리로 돌아올 거라고 했다. 그러면서 잘할 수 있을 거라고, 잘하고 있다고, 힘을 내달라고, 너를 격려했다. 어쩌면 그런 선생님의 신뢰가 너를 조금씩 바꿔놓는지도 몰랐다. 매번 주춤거리며 물러서던 너를 앞으로 끌어당겨 사람들 앞에 서게 만드는지도 몰랐다.

너는 선생님의 모습에 얼마간 안심한 게 틀림없었다. 연구실을 나와 신문사까지 걸어오는 동안 뭘 먹을지, 어디로 엠티를 갈지 떠드는 네 모습은 들떠 보였다. 그래서 선생님 손에 결혼반지가 없다는 이야기는 하지 못했다. 선생님이 머리칼을 넘길 때마다 왼쪽 목덜미에 붉고 푸른 멍자국이 선명했다는 말도. 책상 앞 상자 안에 담겨 있던 게 샴푸와 비누, 칫솔과 수건, 한겨울에나 입을 법한 옷가지들이었다는 말도. 영문과 학회실 앞에 보란듯 방치되어 있던 책들이 선생님의 저서라는 말도 할 수 없었다. 아니, 그런 이야기를 했더라도 네 생각을 바꿀 순 없었을 것이다.

학생회 사람들이 성명을 발표하고 성명서를 돌리기 시작하면서 분위기는 고조됐다. 대학 본부와 문과대, 신문사 내에서 쉬쉬하고 있던 선생님의 일이 대학 전체로 퍼진 모양이었다. 교문 앞을 지날 때 횡령, 증거, 징계, 퇴진, 자격 미달, 그런 단어들이 적힌 한 장짜리 성명서를 우리도 받았다.

마감에 쫓겨 밤새 기사를 작성하고 기숙사로 돌아가는 길이었다.

또라이들이네.

성명서를 읽던 네가 우뚝 멈춰 섰다. 금방이라도 되돌아가서 아무에게나 시비를 걸 태세였다. 1교시가 시작되기 전이어서 보는 눈이 많았다. 학생회 사람들과 싸움이 붙어봐야 좋을 게 없었다. 나는 네 팔을 잡고 너를 잡아끌다시피 했다. 눈이 따끔거렸다. 눈을 감으면 그 자리에서 잠들 것처럼 고단했다.

일단 가자. 제발 가자.

너는 분이 안 풀린다는 듯 성명서를 찢고 던져버렸다. 지나가던 학생들이 너와 나를 흘끔거렸다. 그만 너를 두고 가고 싶다는 생각이 들었다. 아무 상관 없는 사람들처럼 너를 가리키며 말이 안 통한다느니, 멍청하다느니, 단순하다느니, 멋대로 떠들고 잊어버리고 싶었다. 때때로 너는 너무나 고집스럽고 그래서 사람을 질리게 하는 데가 있었다. 옳고 그르고, 좋고 싫고. 그런 것들을 한번 정하고 나서는 좀처럼 바꾸려 들지 않았다.

한 주가 지나고 새로 온 주간 교수가 첫 회의를 열었다.

그는 약속된 시간보다 이십 분 일찍 왔다. 신문사 내부를 찬찬히 둘러본 그는 대뜸 책상 배열을 다시 해야겠다고 했다. 일의 능률이 오르지 않는 배치라는 게 그 이유였다. 주간실에 앉아 모든 걸 한눈에 내다보려는 속셈이라는 네 생각에도 일리가 없는 건 아니었다. 오자마자 효율이니, 능률이니 운운하며 우리를 주눅들게 하는 모습이 무례하게 느껴지기도 했다. 그럼에도 우리는 잠자코 그 말을 따랐다. 주간실에 앉은 그가 신문사 내부를 한 번에 내다볼 수 있도록 책상을 옮기고 자리를 바꿨다.

문제는 그다음이었다.

기획회의가 시작되고 얼마 지나지 않아 그가 선생님 이야기를 꺼냈다. 학문이니 취업이니 다 좋지만 교내 신문은 학교 소식을 발 빠르게 전하는 데 본분이 있다는 긴 설교가 끝난 직후였다.

특집 기사요?

기자 수첩에 아무렇게나 낙서를 하고 있던 네가 고개를 들었다. 올 것이 왔다는 생각. 너를 만류해야 한다는 생각. 기사를 쓰는 게 선생님에게 도움이 될지도 모른다는 생각. 그 반대일지도 모른다는 생각. 나는 테이블 아래에서 네 팔을 꽉 붙잡았다.

몰라? 다들 알잖아. 임교수 일 몰라? 그럴 리가 있나. 학교 전체가 난리인데.

그의 입에서 놀라운 이야기들이 흘러나왔다. 가장 놀라웠던 건 징계위원회에서 몇 가지 혐의가 사실로 드러났다는 것이었다. 연구비와 출장비 횡령, 연구 실적과 논문 조작, 강사들과 대학원생들에게 빌려간 돈을 갚지 않아서 몇 건의 고소 고발 건이 진행중이라는 이야기가 이어졌다.

못 들었어요? 나는 가장 먼저 알고 있을 줄 알았더니. 그럼 이 건은 누가 취재하면 좋을까? 그래도 두 명은 돼야지, 특집인데.

침묵이 내려앉았다. 복도를 오가는 사람들의 발소리가 다 들릴 정도였다. 결국 내가 손을 들었고 취재를 하겠다고 했다. 네가 어떤 말을 내뱉기 전에 내가 무슨 말이든 해야 한다는 조바심 때문이었다. 주간 교수와 불필요한 갈등을 겪고 싶지 않아서였는지도 몰랐다. 아니, 이번에야말로 모든 것을 끝장낼 수 있다고 생각했던 것 같다. 어느 쪽이든 무엇이든 사실을 밝혀내면 너도 납득을 할 수 있을 거라고 여겼던 것 같다.

주간 교수가 돌아간 뒤 너는 가방을 챙겨 곧장 신문사를 나갔다. 아무도 너를 붙잡지 않았다. 해가 지고 있었다. 내가 뒤따라가는데도 너는 앞만 보고 걸었다. 네 그림자가 길어졌다가 푸릇푸릇한 어둠 속에 잠겨버렸다. 너는 학생회관을 지나고 법과대, 사회대 건물을 돌아 본관 쪽으로 계속 걸었다. 열심히 뒤쫓아가는 데도 너와의 거리는 좁혀지지 않았다. 네가 숨이 차게 뛰는 것도, 내가 속도를 늦추는 것도 아닌데, 간격은 조금씩 더 벌어지기만 했다.

문과대가 내다보이는 이차선 도로 앞에 이르러서야 너는 걸음을 멈추었다. 그러니까 내가 너를 따라잡은 게 아니고 네가 스스로 멈춰 선 것이었다.

도대체 왜 그래, 왜 그러느냐고.

내가 물었지만 너는 말이 없었다.

가지에서 막 돋아난 이파리들이 너의 얼굴에 얼룩덜룩한 그림자를 드리웠다. 그 바람에 네가 어떤 표정을 짓고 있는지 알 수 없었다. 네 뒤편에 서 있는 커다란 나무들 탓에 너는 아이처럼 조그마해 보였다. 두 손에 겁을 움켜쥔 어린아이. 아니, 지금 생각해보면 겁을 먹은 건 우리였다. 우리가 아니고 나였는지도 모른다.

너는 어떻게 그런 말을 할 수 있느냐고 물었다. 감정이라고 할 만한 게 모두 빠져나간 네 목소리는 아주 멀리 있는 것처럼 느껴졌다. 나는 사실을 알고 싶을 뿐이라고 답했다. 적어도 모든 걸 밝히고 나면 있는 그대로 받아들일 수 있지 않느냐고 말했다.

사실을 아는 게 그렇게 중요해?

너는 내 말을 자르고 끼어들었다. 그게 사실일 리 없지 않느냐는 질문, 선생님이 얼마나 좋은 사람인지 잊었느냐는 비난, 어떻게 너까지 이럴 수 있느냐는 실망의 말들이 이어졌다.

선생님한테 그럴 만한 사정이 생겼을 수도 있잖아. 그런 일이 뭐가 그렇게 중요한데? 우리한테 잘해주셨잖아. 좋은 분이잖아.

아니야?

너의 목소리는 한결 누그러진 듯했지만 온 신경을 곤두세우고 내 대답을 기다린다는 것을 느낄 수 있었다. 그 일은 그 일이고 선생님은 선생님이라는 식의 너의 말에 동의하고 싶은 마음은 없었다. 그 모든 사실을 다 알면서도 선생님을 여전히 좋은 사람이라고 말할 자신도 없었다.

그리고 한참 만에 네가 말했다.

나는 그만둘게.

더 생각해보라거나 왜 늘 이따위로 충동적으로 구느냐는 말을 나는 간신히 참았다. 하루가 지나면, 그래서 얼마간 분노가 가라앉으면 없던 일이 될 거라고 생각해서였다. 그러나 너는 그 일이 있은 지 사흘째 되던 날 신문사를 그만둬버렸다.

이건 정말 아니지 않아? 너희들 정말 그런 특집 기사를 쓸 수 있어? 참 대단하네.

어느 오후에 커다란 백팩에 소지품과 비품을 쓸어담으며 너는 들으라는 듯 소리쳤고 주간실을 노려보며 한마디 더 했다.

특집 좋아하네. 좆도 모르는 게.

5월 중순이 지나고 선생님은 학교를 떠났다. 면직되었다, 파면당했다, 사직했다, 여러 말이 떠돌았지만 그런 단어들 사이에 숨은 세세한 차이를 다 알 수는 없었다. 선생님에 대한 특집 기사는 간략한 칼럼으로 대체되었다. 원고지 여덟 매 정도의 짧은 분량이었지만 선생님의 위법행위가 항목별로 정확하게 정리된 글이었다.

한 달을 더 버티고 나도 신문사를 나왔다.

학업에 소홀했고, 취업 준비를 해야 하고, 이런저런 핑계를 댔지만 쇄신, 쇄신 하면서 매사 의욕적으로 구는 주간 교수를 감당하기 어려웠다. 서먹했던 너와의 사이는 천천히 회복되었다. 네가 나를 이해했거나 내가 너를 이해한 게 아니었다. 우리는 최대한 말을 아끼는 방식으로 서로를 불편하지 않게 배려했다.

선생님이 학교를 떠나기 전, 신문사 기자들을 꼭 한번 만나고 싶어했다는 이야기는 나중에 전해들었다. 일이 급박하게 돌아가면서 도저히 그럴 경황이 없었다며 미안해했다는 것도 이후에 알게 되었다.

마지막 두 학기는 너에게 몹시 힘겨운 시간이었다. 신문사에서 나온 뒤 장학금 혜택이 정지되고 취재비와 활동비 명목으로 나오던 돈도 끊겨버린 탓이었다. 수업이 끝나면 너는 고깃집에서 자정이 넘도록 새까맣게 그을린 불판을 닦았다. 주말에도 비정기적으로 일을 나가는 듯했다. 전화를 걸면 받지 않을 때가 많았고 몇 시간이 지난 후에 짧은 메시지가 오곤 했다. 하루가 지나고 이틀이 넘도록 연락이 되지 않은 적도 여러 번이었다.

한번은 다 같이 선생님을 만난 적이 있다.

나와 신문사 동기들이 졸업을 하고, 한 해가 더 지난 다음 네가 어렵게 졸업을 한 직후였을 것이다. 다들 이력서와 자기소개서를 넣느라 정신이 없던 때였다. 누군가 취업이 됐다는 소식을 들으면 몸과 마음이 한없이 위축되던 시기였다. 학교를 떠난 후에도 선생님은 간간이 소식을 알려왔다. 졸업 시즌엔 축하한다는 메시지를 보냈고 무더운 여름날이나 한파가 몰아닥칠 때엔 문득 전화를 걸어와 건강을 잘 챙기라는 말을 남겼다.

교수님, 잘 지내시죠?

내가 물으면 선생님은 괜찮다고, 잘 지낸다고 짤막하게 답했다. 너와 다른 동기들에게도 마찬가지였을 것이다. 다들 스승의 날이나 명절, 연말이면 꼭 한번 찾아뵙고 싶다는 의례적인 인사를 하곤 했는데 그에 관해선 별다른 대답을 들은 기억이 없었다. 그러므로 선생님과의 만남은 모두에게 뜻밖의 일이었다. 모두라고 해봐야 너와 나, 동기 두 명이 전부였다. 그마저도 당일이 되자 한 명은 사정이 생겼다며 슬그머니 발을 빼버렸다.

3월 하순이어서 바람이 부드러웠다. 추위가 다 가시지 않았지만 사람들의 가벼운 차림에서 봄이 가까워졌다는 걸 느낄 수 있었다. 선생님은 터미널 횡단보도 앞에 서 있었다. 그럼에도 우리 중 누구도 그걸 알아채지 못했다.

세상에, 많이 어른스러워졌네. 다들 잘 지냈어요?

선생님이 그렇게 먼저 알은체를 하고 나서야 우리는 고개를 숙이고 겸연쩍게 인사를 나누었다. 그사이 선생님은 조금 더 살이 붙은 것처럼 보였다. 그 때문인지 늘 무채색 계열이 주를 이루던

옷차림에도 변화가 있었다. 전체적으로 화려해진 느낌이었다. 그것이 선생님의 무표정한 얼굴과 묘한 대비를 이루었다.

주말이라 터미널 앞은 몹시 붐볐다. 신호가 바뀔 때마다 어디에선가 사람들이 한꺼번에 몰려나왔다. 선생님과 우리는 한동안 인파에 휩쓸리듯 걸었다. 한갓진 가게를 찾아보자는 생각이었지만 가도 가도 적당한 곳은 나오지 않았다. 두 블록을 더 걷고 나자 사람도 가게도 눈에 띄게 적어졌다.

한참 만에 우리는 좁은 돈가스 가게에 자리를 잡고 앉았다. 천장이 낮은 가게 안에는 쿰쿰한 고기 비린내가 고여 있었다. 테이블에 앉아 멍하니 텔레비전을 올려다보던 여자가 메뉴판을 가져왔다. 한 장짜리 메뉴판을 감싼 코팅지는 양념과 얼룩으로 끈적거렸다. 더께가 엉겨붙은 테이블도 마찬가지였다. 터무니없이 높은 의자 탓에 테이블 위로 상체가 불쑥 솟아오른 모습으로 앉아 있는 것도 불편했다.

메뉴판을 오래 들여다보던 선생님은 기본 돈가스를 시켰다. 다른 메뉴들도 고작 천원이나 이천원 차이였겠지만 우리도 약속이나 한 듯 같은 걸 주문했다. 주방 쪽에서 화구에 불을 붙이는 소리, 그릇들이 부딪히는 소리, 기름이 튀는 소리가 났다. 나는 회피하듯 자꾸만 천장에 매달린 텔레비전을 올려다보게 됐다. 누구와도 눈을 마주칠 자신이 없어서였다. 눈이 마주치면 내가 무슨 생각을 하는지, 어떤 기분인지 전부 들켜버릴 것 같았다.

돈가스는 금방 나왔다. 플라스틱 접시에 돈가스와 양배추 샐러드, 스위트콘과 피클이 담겨 있었다. 돈가스를 조금 잘라 맛보았는데 누린내가 심했다. 아삭하지 않고 물컹거리는 피클과 군데군데 누렇게 변색된 샐러드도 신선함과는 거리가 멀었다. 선생님은 돈가스를 큼직하게 썰고 샐러드를 한입 가득 밀어넣었다. 혀를 내밀어 입가에 묻은 허연 소스를 허겁지겁 훔치기도 했다. 다들 입을 벌려 돈가스와 샐러드, 피클 따위를 밀어넣고 열심히 씹었다. 어쩔 수 없다는 생각으로 나도 말끔히 접시를 비웠다. 남은 스위트콘 몇 알을 포크로 집어먹고 나자 속이 메스꺼웠다.

식사를 마친 후에도 우리는 작은 스테인리스 컵에 담긴 물을 홀짝거리며 거기 앉아 있었다. 딱히 갈 데도 없었고, 갈 만한 곳을 찾는 일도 어려워 보였다. 옆에 앉은 동기가 선생님, 하고 선생님을 부르고 새삼 또 근황을 물었다. 얼마 전 취직이 되었다는 동기의 말에 선생님은 어려운 일을 해냈다고 기뻐했다. 여러 곳에 이력서를 넣었다는 네 말을 들은 후에는 기다리는 좋은 소식이 곧 올 거라고 했다. 선생님은 나에게도 따뜻한 말을 해주었던 것 같다.

내 신경은 온통 주방 앞 테이블에 앉아 우리 쪽을 곁눈질하는 주인 여자에게 가 있었다.

선생님, 선생님, 선생님.

그 말이 튀어나올 때마다 여자는 선생님과 너와 나, 동기들을 흘끔거렸고 선생님의 얼굴과 차림새를 뜯어보듯 빤히 바라보았다. 텔레비전 쪽으로 고개를 돌리고 혼자 히죽거릴 때도 있었는데 그때마다 몹시 모욕적인 기분이 들었다. 잘못된 곳에서, 잘못된 사람들과, 잘못된 대화를 나누고 있는 것처럼 느껴져서였다.

서먹함이 얼마간 가시고 선생님이 자신의 근황을 이야기하기 시작했다.

그 일이 있고 나서 한동안 우리 애가 많이 아팠어요.

몇 개월간 선생님은 애를 데리고 대학 병원 몇 군데를 돌아다녔다고 했다. 그러다가 불쑥 이혼을 하게 됐다고 말했는데 왜 그렇게 되었는지에 대해선 말이 없었다. 학원가에 조그마한 학원을 열었고 원생이 늘어서 나중엔 관리가 안 될 정도였다고도 했다. 그러다 부원장이었던 지인에게 문제가 생겼고 급하게 학원을 처분했다는 이야기도 했다. 고향으로 내려갈까 잠깐 고민한 적이 있고, 외국에 나갈까 계획한 적도 있지만 지금은 욕심 없이 지내는 것에 만족한다고 했다.

선생님은 모두 다 지난 일이고 이제 모든 것이 잘 해결됐다고 덧붙였다.

다 괜찮아졌어요.

그동안 어떻게 지내셨냐, 어디 계셨냐, 뭘 하셨냐, 걱정했다, 생각했다, 그런 우리의 질문에 대해 선생님 나름대로 응답을 한 셈이었다. 그럼에도 선생님 입에서 그렇게까지 구체적이고 개인적인 이야기가 나올 거라고 생각한 적은 없었다. 맞은편에 앉은 동기와 자꾸만 눈이 마주쳤다. 그때마다 난감하고 곤혹스러운 기색을 내비치지 않으려고 애를 써야 했다.

그러는 동안에도 나는 신문사에 관련된 이야기는 하지 않았다. 대화가 슬그머니 그쪽으로 향하는 것 같으면 다른 화제를 끄집어냈고 아무도 묻지 않은 나의 근황에 대해 길게 늘어놓았다.

선생님 신문사에 계실 때 정말 좋았는데요.

네가 불쑥 말했다. 그렇게 말하면서 너는 선생님 컵에 물을 반쯤 더 따랐다. 두 손으로 물통을 감싸쥔 네 모습은 공손하고 예의 발랐다. 네가 따라준 물을 조금씩 나눠 마시며 선생님은 네 이야기를 들었다. 당황하거나 놀라거나 불편한 기색은 없었다.

그때 여름에 저희 엠티 갔던 거 기억나세요? 아, 거기 어디였지? 그때 비가 엄청 와서 이틀 내내 숙소에만 있었잖아요.

선생님은 간간이 웃어 보였다. 이따금씩 그때를 떠올리면 참 좋았다는 생각이 저절로 든다고 말했고 이런저런 이야기를 더 보탤 때도 있었다. 나로선 도무지 생각이 나지 않는 일들이었다. 분명히 그 시간, 그 자리에 내가 있었을 텐데도 어떤 일들은 전혀 없던 일처럼 느껴졌다. 아니, 그건 오래전에 내가 지워버렸거나, 찢어버렸거나, 다 잊은 일들이었다.

가평 아니고 그보다 더 위쪽이었는데, 거기가 어디였더라.

너는 계속 말했다. 도대체 정말 그런 일이 있었을까 싶은, 아주 사소한 장면들을 자꾸만 끄집어냈다. 기억 속 어딘가에 모든 순간을 빈틈없이 반듯하게 적어놓은 사람 같았다. 그래서 언제든 페이지를 펼치면 그때의 일이 눈에 보일 듯 기록되어 있는 게 틀림없었다.

낡지도 닳지도 않는 책.

뭐하러 그런 것을 다 기억하고 있나. 그러다가도 한 번씩 내가 어떤 모습으로 기록되어 있는지 확인하고 싶은 마음이 들 때가 있었다. 좋은 것을 좋은 대로 두는 일. 십 년이 지나고 백 년이 지나도록 그대로 두는 일. 망치거나 훼손하지 않고 간직하는 일. 시간을 거슬러가서 그 모든 일을 없던 것처럼 무너뜨리지 않는 일.

나는 도대체 어떻게 그런 것이 가능한지 묻고 싶었다. 선생님을 따라다니는 세간의 말들을 무시하고 좋았던 순간들만 끈질기게 붙잡고 있는 네가 지키려고 하는 것이 무엇인지 알고 싶었다. 나는 내내 입을 다물고 있었다. 네가 물으면 기억이 나지 않는다는 듯 고개를 몇 번 저어 보인 게 다였다. 웃어보려고 했지만 얼굴 전체가 굳은 듯 마음대로 움직이지 않았다.

다 드셨어요?

테이블 쪽으로 걸어오며 여자가 물었다. 무거운 슬리퍼가 바닥에 끌리는 소리가 났다. 우리는 서둘러 포크와 칼, 젓가락 따위를 접시 위로 올려주었다. 여자는 접시들을 한데 포갰다. 포크와 칼 몇 개가 바닥으로 떨어졌고 요란한 소리가 났다. 선생님이 테이블 아래로 손을 뻗어 그것을 주우려고 하는 바람에 테이블이 조금씩 내 쪽으로 밀려났다.

선생님, 두세요. 두세요, 제가 할게요.

네가 선생님을 만류하며 아예 테이블 아래로 기어들어갔다. 그런 상황인데도 여자는 아무 상관 없는 사람처럼 테이블만 닦았다. 행주가 지나간 자리에서 시큼한 냄새가 떠올랐다.

선생님, 다 주웠어요. 이제 없어요. 괜찮아요, 괜찮아요.

네가 테이블 아래에서 끙끙거리며 그렇게 말했을 때 테이블을 닦던 여자가 고개를 숙이고 픽 웃었다. 별일을 다 보겠다는 듯이. 어이가 없다는 듯이. 적어도 내 눈엔 그렇게 보였다.

도대체 뭐가 괜찮단 말인가.

나는 내가 그대로 남겨둘 수 있었던 지난 시간들을 떠올렸다. 어떤 순간들은 선명했고 또 어떤 순간들은 희미했는데 무엇을 떠올리든 불쾌하고 불편한 감정이 뒤따라왔다. 어떤 식으로든, 어떤 기억이든 죄다 더럽혀지고 훼손된 거였다. 선생님과 있던 시간 전부가 그렇게 된 거였다. 그러므로 선생님은 미안해해야 하는 것이 아닌가. 그런 기색이라도 내비쳐야 하는 것이 아닌가. 적어도 나에게, 동기들에게, 혹은 너에게 한마디 해명이라도 해야 하는 것이 아닌가.

내 것이었고 내 것이 될 수 있었던 어떤 추억에 대해. 관계를 망가뜨린 것에 대해. 내가 깨부수지 않아도 좋았을 어떤 신뢰와 믿음에 대해. 시간이 더 지나면 지금 이 순간도 불쾌한 기억으로 남게 될지 몰랐다. 그래서 몇 달이 지나고 몇 년이 지나면 내 안의 무언가가 이날의 기억을 말끔히 지워버릴지도 몰랐다.

나는 벌떡 일어나 그만 나가자고 말했다. 이제 가봐야 할 것 같다는 말이, 일이 있다는 거짓말이 아무렇지도 않게 튀어나왔다.

우리는 터미널 앞 지하철역까지 선생님을 배웅했다. 선생님이 지하철역 안으로 내려가고 우리도 대충 손을 흔들며 헤어졌다. 오랜만에 만난 너와 시간을 더 보낼 마음이 있었던 것도 같은데 그즈음에 이르러서는 그럴 의욕도 마음도 사라지고 없었다.

너와 나는 꾸준하게 연락을 주고받았다. 이번 주말에 보자, 다음달에는 보자, 연말에는 꼭 보자. 만남은 계속 미뤄졌고 어느 순간이 지나자 너도, 나도 더는 만나자는 말은 하지 않게 되었다. 잘 지내느냐는 메시지엔 잘 지낸다고 답했고, 특별한 소식이 있을 때엔 축하한다는 인사를 남겼다. 다 같이 선생님을 뵈러 가자는 네 말엔 일이 있다고 둘러대거나 대답을 오래 미루는 식으로 거절의 의사를 분명히 했다. 하지만 그런 순간은 금세 지나갔으므로 평소에는 거의 잊고 지낸다고 해도 틀린 말이 아니었다.

너에 대해. 너를 생각하면 어쩔 수 없이 곧바로 따라나오는 선생님에 대해.

그럼에도 한 번씩 골똘히 그때를 생각할 때가 있었다.

이런 인간인 줄은 진짜 몰랐네.

한번은 사람들이 무시로 오가는 길거리에서 그런 말을 들은 적이 있다. 그는 나의 직장 후배였고 어느 시기가 지나고부터는 오래 가까운 친구처럼 일상을 나누던 사이였다. 그 말이 지나치게 가혹하게 느껴져서 그 당시에 나는 입을 닫아버렸다. 만회할 기회가 있을 거라고 생각했지만 그럴 기회는 오지 않았다.

더 심한 말을 들은 적도 있었다. 나와 먼 사람들이거나 아주 가까운 사람에게서였는데 대체로 내가 그들을 실망시킨 것에 대한 분풀이처럼 느껴지는 말이었다. 나는 그런 일들에 대해 오래 생각하지 않는 편이었다. 그럼에도 해가 잘 드는 길을 걸을 때나 불이 꺼진 방에 누워 잠을 청하려고 할 때 문득 떠오르곤 했다.

그러면 너를 생각하고 있다는 사실을 불현듯 깨달을 수밖에 없었다.

선생님이 저지른 잘못에 대해 모른 척할 수 있었더라면, 선생님이 내게 보여준 모습만을 기억했더라면. 시간이든, 마음이든, 감정이든 선생님과 관계된 그 어떤 것도 훼손하거나 망가뜨리지 않았더라면. 그래서 그날 너와 함께 좋은 시절의 이야기를 즐겁게 떠들어댈 수 있었더라면. 아니, 네가 끝까지 좋은 사람이길 포기했더라면 뭔가 달라질 수 있었을까.

하지만 그 질문에 대한 답은 오래전 어두운 캠퍼스에서 너와 마주쳤을 때 내렸던 것이었고 한 번도 바뀐 적이 없었다.

너라는
생활

너는 주차된 차들 곁을 지나며 자꾸만 창을 본다.

차 안을 들여다보는 게 아니고 창에 비친 너를 보고 있다. 머리를 매만졌다가 외투의 깃을 세우고, 숄더백을 고쳐 매다가 몇 차례 중심을 잃을 뻔한다. 거리는 아직 어둑어둑하고 눈 쌓인 길은 미끄럽다. 자칫하다간 넘어지고 뼈가 부러지고 머리가 깨지고 그러면 면접이고 뭐고 없다는 말을 나는 간신히 삼킨다. 중요한 날이니까. 너의 기분이 상하지 않게 하려고 최선을 다한다.

안 늦겠지?

나이들어 보이나?

그래도 굽이 좀 있는 구두를 신을걸.

이른 시간이고 버스는 한산하다. 너는 휴대폰을 내려다보고 버스 천장에 붙은 노선도를 올려다보며 혼잣말을 한다. 창 너머로 천천히 날이 밝아온다. 도로와 건물, 길을 오가는 사람들의 모습이 또렷해진다. 그런 것들을 내다보며 나는 잠시 희망적인 생각을 가진다. 이번엔 네가 취직이 되고, 정기적으로 돈을 벌고, 그러면 우리도 조금은 여유가 생기지 않을까. 생활을 나 혼자 책임져야 한다는 부담이나 강박에서 벗어날 수 있지 않을까. 한 번쯤은 아무 걱정 없이, 계산도 없이 어디 가자, 뭘 먹자, 해보자, 그런 이야기를 할 수 있지 않을까. 그런 생각은 반짝 켜졌다가 금방 사라진다.

도로가 사차선으로 좁아졌다가 오차선이 되더니 어느새 버스는 좁고 가파른 골목길을 오르는 중이다. 맞은편에서 차들이 올 때마다 버스는 급정거를 하고 아슬아슬하게 전진과 후진을 반복한다. 버스가 덜컹일 때마다 손잡이를 힘껏 붙잡게 된다.

우리는 삼거리 앞 정류장에서 내린다. 내리는 사람은 우리 둘뿐이다. 거리는 차고 매서운 바람으로 가득하다. 바람이 너의 머리칼을 공중으로 잡아당기며 흩트린다. 세 갈래로 갈라지는 길 한가운데 서서 너는 휘날리는 머리카락을 쓸어넘기기만 한다. 어느 방향인지, 어디로 가야 할지 가늠하는 듯 좁은 골목 여기저기를 기웃거리는 네 표정이 심각하다.

이쪽인 것 같아.

한참 만에 네가 앞서고 내가 뒤따라간다. 문 닫힌 우유 배급소를 지나고 환하게 불이 켜진 식당을 지난다. 천장이 낮은 편의점을 지나고부터는 가게라고 할 만한 것이 없다. 셔터가 내려진 주차장, 커다란 철제 구조물로 출입을 막은 건물, 연구소, 관리공단. 그런 상호를 서너 개 더 지나자 경사로에 다닥다닥 붙은 주택가가 이어진다. 주택가가 끝나는 지점부터는 앙상한 나무가 우거진 산길이다. 조금 더 걸어들어가자 등산로를 알리는 안내판이 나타난다.

이 길이 아닌가봐.

우리는 갔던 길을 되돌아나와 지나쳤던 편의점에 들어간다. 눈을 깜빡일 때마다 눈물이 새어나온다. 입이 마음대로 움직여지지 않는다. 발가락 끝이 얼어붙는 것 같다. 계산이 끝나기도 전에 나는 따뜻한 캔커피 하나를 그 자리에서 다 마셔버린다. 목구멍이 간질거린다.

그러는 동안에도 직원은 계속 떠든다.

복지관요? 복지관이라고요? 제가 여기서 일 년 넘게 일했거든요. 근데 그런 얘긴 진짜 처음 듣거든요. 복지관 같은 게 있을 리가 없잖아요. 이런 동네에 무슨 복지관을 만들겠어요. 누가 여기까지 온다고. 그렇잖아요.

우리는 다시 삼거리 앞 버스 정류장까지 되돌아간다. 그런 뒤엔 비슷비슷한 건물들을 살피며 복지관을 찾는 데에 몰두한다. 놀랍게도 복지관은 아주 가까이 있다. 편의점과 멀지 않은 곳. 여러 번 우리가 그냥 지나쳤던 곳이다. 얼핏 보면 도저히 복지관이라고는 생각할 수 없는 오래된 이층 주택이다. 주택 입구에 '하나복지관'

이라는 나무 팻말이 붙어 있지만 갈라지고 삭은 탓에 글자를 알아보기가 어렵다.

우리는 인기척이 없는 어둑어둑한 건물 내부로 들어선 다음 문 열린 사무실을 어렵게 찾아낸다. 이력서가 든 노란 봉투를 껴안다시피 한 네가 사무실 안을 기웃거리고, 나는 서너 걸음 떨어진 곳에서 그런 너를 지켜본다.

민간에서 운영하는 거라서 원래 규모가 작아요. 쓰던 건물이 지금 공사중이어서 임시로 쓰고 있는 곳이기도 하고요. 위치는 자세하게 올려놨는데 공고 보실 때 확인 안 하셨어요? 어쨌든 늦으셨네요.

한참 만에 사무실에서 나온 담당자가 쏘아붙이듯 말한다.

어쩔 수 없이 계속 조마조마한 마음이 든다. 어쨌든 지각은 지각이니까. 하루가 멀다 하고 늦는 사람으로 너를 오해하고, 이력서를 받아주지 않고, 받는다고 해도 쓰레기통에 곧장 처넣어버릴지도 모른다는 걱정을 떨쳐내기가 힘들다.

다행히 담당자는 너의 이력서를 받아들고 꼼꼼하게 살피는 것 같다.

다 틀림없이 적으신 거예요?

반듯하게 서 있던 네 몸이 담당자 쪽으로 기울어진다. 주눅이 든 표정. 경직된 자세. 너는 잠깐 내 쪽을 돌아보는가 싶다가 다시금 담당자와 똑바로 눈을 마주보고 선다.

여기 경력 시간 적으신 건 직접 계산해보신 거죠?

너는 더듬거리며 대답을 하려는 것 같다. 그러나 네 말이 끝나기도 전에 담당자는 기다리라는 말을 하고 사무실로 들어가버린다. 담당자가 가지고 나온 것은 커다란 계산기다.

여기에 보면 이 년을 다 못 채운 거잖아요. 전 직장에서요. 이런 경우는 보통 이천 시간이 안 되거든요. 꼬박 이 년을 일해도 이천 시간 채우기가 힘들어요.

담당자는 하루 여덟 시간, 주 오 일, 주 사십, 중얼거리며 계산기를 두드리기 시작한다. 너에게 잠시 들어오라는 말도 없이, 어딘가 앉아보라는 제안도 없이, 불청객을 대하듯 사무실 앞에 세워둔 채로. 네가 여기에 지원할 자격이 있는지 없는지 따져보기 시작한다. 사무실을 들락거리는 다른 직원들이 너와 담당자를 힐끔거린다. 오가는 사람들에게 피해를 주지 않기 위해 몸을 움츠리고, 물러서고, 비껴서는 네 모습이 내가 서 있는 곳에서 분명히 보인다.

그럼에도 누구도 너와 그 직원을 알은체하지 않는다. 무슨 일인지, 뭘 하고 있는지 궁금해하는 사람도 없다. 어쩌면 너와 담당자는 그곳에 없는 사람들인지도 모른다. 여기 있는 나도 다를 바가 없다.

보세요. 이천 시간이 안 되잖아요.

담당자가 말하고 너는 놀란 얼굴을 한다. 담당자가 계산기를 네 눈앞에 들이대며 목소리를 높인다.

여기 보이죠? 전 거짓말 안 해요. 사십팔 시간이 모자라잖아요.

사십팔 시간이요?

담당자가 다시 계산기를 두드린다. 사십팔. 오십육. 칠십이. 담당자는 들으라는 듯 계산기 버튼을 누르며, 또박또박 숫자를 읽어주기까지 한다.

사십팔 시간이면 육 일인데요. 그럴 리가 없는데요.

미리 계산 안 해보셨어요? 하루든 이틀이든, 어쨌든 이천 시간이 되지 않으면 지원 자격이 안 되세요. 지원 자체를 할 수가 없다고요.

대화는 다시금 제자리로 돌아온다. 돌아오고 또 돌아오고 계속 돌아오는데도 너는 포기하지 않는다. 담당자도 마찬가지다. 누군가가 사무실 밖으로 고개를 빼고 담당자를 찾는다. 담당자는 상냥한 얼굴을 하고 서둘러 사무실로 들어간다. 그뒤에는 네 존재를 잊은 듯 한참 동안 나오지 않는다.

너는 벌을 서듯 사무실 앞에 우두커니 서 있다.

내가 할 수 있는 건 그만 가자는 손짓을 하는 것뿐이다. 그만 가자, 그냥 가자. 그러면서 너의 오기 같은 걸 부추기고 싶은지도 모른다. 이대로 네가 포기하려는지, 조금 더 버틸 용의가 있는지, 이런 상황을 견딜 만큼 의지가 절실한지 확인하고 싶은 건지도 모른다.

내가 다가가려 하자 너는 손을 들고 괜찮다는 표정을 지어 보인다. 너는 뭔가 착오가 생겼다고 생각하는 것 같다. 담당자가 나오면 오해를 풀 수 있다고 믿는 것 같다. 그게 뭐든 해명할 수 있다고 자신하는 것 같다. 그러나 네가 할 수 있는 건 거기 서서 사무실에서 새어나오는 인기척에 귀를 기울이는 게 전부다.

제 말 무슨 뜻인지 이해하셨어요? 여기 경력 시간이라는 게 제가 정한 게 아니고 규정이에요. 제가 마음대로 할 수가 없다고요.

다시 사무실 밖으로 나온 담당자는 지친 기색이다. 길게 말하고 싶지 않다는 표정. 짜증과 신경질이 실린 말투. 너는 모자란 시간에 대해 이야기하지 않고 다른 이야기를 한다. 나이가 많은 어르신들과 아주 잘 지낸다는 이야기. 몸이 불편한 아이들을 살뜰하게 보살핀다는 이야기. 발달장애아 부모들이 항상 너부터 찾곤 했다는 이야기. 표창장을 받고 우수 직원에 선정된 적이 있다는 이야기. 사람들을 돕고 보살피는 게 즐겁고 기쁘다는 이야기.

반은 맞고 반은 틀린 이야기.

몇 달 전까지 너는 지체장애 중학생을 돌보는 활동보조사로 일했다. 협회를 통해 고용이 이뤄졌고, 네 소속은 협회였지만 구체적으로 업무 지시를 내리는 건 그 학생의 부모였다. 너는 이른아침 아이를 휠체어에 태워 등교했고, 쉬는 시간마다 아이를 데리고 화장실을 오갔으며, 교실을 이동해야 하는 음악 수업이나 과학 수업, 체육 수업 때마다 아이와 동행했다.

한번은 아이가 연극을 보고 싶다는 이야기를 한 모양이었다. 아이들 서넛이 한 조가 되어 셰익스피어 작품의 한 장면을 연극으로 표현하는 수업이 끝난 직후였다.

걔 부모님한테 말해. 그럼 알아서 하시겠지.

그날 밤, 집으로 돌아온 네가 그 이야기를 꺼냈을 때 나는 그렇게 대꾸하고 말았다.

주말에도 일하시는데 그럴 시간이 있을까? 윤수는 영화관에 가본 적도 없대. 미국에서 뮤지컬 봤다는 애들도 있었는데 마음이 그렇더라.

너는 그렇게 중얼거리고 무슨 말인가를 더 하고 싶은 눈치였지만 더 말하지 않았다.

며칠 뒤 금요일 오후 네가 정말 그애를 데리고 연극을 보러 갈 거라고는 상상하지 못했다. 택시를 부르고, 아이를 태우고, 휠체어를 옮기고, 번화가를 통과해 소극장에 도착할 때까지 두 시간 남짓이 걸렸다고 너는 말했다.

그 공연은 셰익스피어 원작이 아니었고, 전문 배우들이 연기하는 것도 아니었지만 아이는 좋아했다고 했다. 객석이 거의 빈 것이나 다름없어서 공연이 시작되기 전까지 아이는 네 팔을 가볍게 두드리며 들뜬 기색을 감추지 못했다는 거였다.

그러나 조명이 꺼지고 사방이 깜깜해지자 아이는 말이 없어졌고 몸을 까딱까딱하며 휠체어 등받이를 규칙적으로 때리다가 무대 위로 배우들이 등장하자 불안한 듯 우우우 비명에 가까운 소리를 내기 시작했다고 했다.

윤수야, 나갈래? 우리 나갈까?

평소 그런 일이 아주 없지는 않았으므로 너는 아이를 달래려고 했고 그때마다 아이는 잠잠해지는 듯했지만 결국 아이를 데리고 그곳을 나와야 했다고 너는 말했다. 휠체어에서 미끄러질 듯 거의 누운 상태로 몸을 떠는 아이를 더는 감당하기 어려워서였다.

놀랐나봐. 극장 안이 너무 어둡잖아. 윤수는 그런 거 처음 볼 거 아니야.

너는 극장 로비에서 아이가 다시 차분해지길 기다렸다가 택시를 불렀고, 아이를 집까지 안전하게 데려다주었다. 또래보다 체구가 작은 편이라고는 했지만 택시에서 타고 내릴 때마다 아이를 안아들어야 하고, 휠체어를 밀며 붐비는 번화가를 오가야 하고, 언제 어디서 돌발 상황이 벌어질지도 모르는데 무슨 생각으로 그런 일을 벌인 거냐고 다그치지는 못했다. 현관문을 열고 들어오자마자 쓰러지듯 주저앉아 일어날 줄 모르는 너를 보는 동안에는 어떤 말도 할 수가 없어서였다.

이튿날 너는 아이의 엄마에게서 해고 통보를 받았다. 무단으로 아이를 데리고 나가서 위험한 상황에 노출시키고 아이가 밤새 경기를 하게 만들었다는 게 그 이유였다. 아이 엄마는 아이 팔목에 남은 상처를 보여주었고, 너는 알지도 못하고 자세히 들여다보지 않으면 보이지도 않는 아이 몸의 이런저런 상처와 흉터를 들먹였다.

불법, 자격 미달, 문제 제기.

너는 윤수가 보는 앞에서 그런 말들을 고스란히 듣고 있었다. 듣다보면 지나치다는 생각이 들었고, 억울하고 부당하다는 마음이 들었음에도 너는 참았다. 어쨌든 입을 열면 윤수에게 상처가 될 만한 말을 하게 될지도 모른다는 생각 때문이었다.

저는 윤수에게 연극을 보여주려고 했어요. 윤수가 보고 싶어해서요. 그뿐이에요.

네가 한 말은 그게 다였다. 몸도 성치 않은 아이를 데리고 택시를 타고, 번화가를 걷고, 객석에 자리를 잡고 그런 일들이 얼마나 수고스럽고 번거로우며, 얼마나 많은 것을 각오하고 준비해야 하는지는 말하지 않았다. 아니, 그 모든 걸 미리 알았다면 그런 일을 벌이지 못했을 것이다.

너는 그저 연극을 한 번도 본 적 없다는 아이의 말에 홀린 듯 안쓰러운 감정을 느끼고, 그 감정에 빠져 대책 없이 그런 일을 저지른 것인지도 모른다. 그러므로 아이 엄마의 반응은 당연한 것이었는지도 모른다.

너는 석 달 넘게 아이의 활동보조사로 일한 경력은 이력서에 쓰지 못했다. 그때 그 일이 없었다면. 네가 그런 일을 벌이지 않았다면. 그랬다면 경력 시간이 되느니 마느니 하며 담당자가 내내 너를 저기 세워두지는 않았을 거라는 생각이 든다. 그랬다면 이런 달동네에 올 일도, 난방도 제대로 안 되는 낡은 주택을 찾아 헤매는 일도, 고작 직원 서너 명뿐인 사무실 앞에 서 있을 일도 없었을 거라는 생각이 든다.

일을 할 때면 넌 매일 녹초가 돼서 집에 왔다. 힘들다, 피곤하다, 지친다, 너무한다. 입만 열면 그런 말들이 저절로 나온다고 했다. 그러다보면 기쁜 것도, 즐거운 것도, 고마운 것도, 좋은 것도, 결국엔 다 싫어진다고 했다. 아니, 싫어질까봐 겁이 난다고 했다.

일은 일이고, 뭐든 일이 되면 기쁘거나 즐겁거나 좋을 수만은 없다고 너를 타일러야 했을까. 눈에 보이지도 않고 손에 잡히지도 않는, 결국엔 누구도 고마워하지도 않는 네 마음을 일에 그토록 쏟을 필요는 없다고 충고해야 했을까. 진심과 정성을 쏟을수록 일은 범위를 넘어서고, 생활을 침범하고, 한번 경계가 무너지고 나면 모든 게 엉망이 되어버릴 거라고 경고를 해야 했을까.

그러나 어느 날 밤 일이 너무 힘들다고 네가 털어놓았을 때에 나는 그만두라고 말했다. 참아라, 버텨라, 견뎌라, 그런 말을 하는 대신 힘들면 지금이라도 그만해도 된다고, 그래도 아무 상관 없다고 말해버렸다.

그럼 접수가 안 되는 건가요?

너는 담당자의 팔을 붙들었다가 놀란 듯 물러난다. 그 바람에 이력서 종이가 바닥으로 떨어진다. 네가 바닥에 달라붙다시피 한 종이를 줍는 동안 담당자는 고단한 얼굴로 너를 내려다본다. 그 순간 나는 다른 쪽으로 고개를 돌려버린다.

아까 계산한 거 보셨죠? 이천 시간이 안 되잖아요.

무슨 말씀이신지는 아는데요.

규정이잖아요. 규정이라고요. 규정이요.

대화가 다시 사이클을 돈다. 결국 참지 못하고 내가 다가간다. 노인들을 화장실에 데려다주고 바지를 내려주고 오줌 누다가 고꾸라지진 않는지 살펴봐주고, 고작 그런 일을 하는 데 왜 이천 시간의 경력이 필요한 거냐는 질문이 목구멍까지 차오른다. 애들 침을 닦아주고, 넘어지지 않게 손을 잡아주고, 끼니때마다 식사를 챙겨주는 일에 도대체 이천 시간이 무슨 의미가 있느냐는 말이 얼굴을 뜨겁게 만든다.

그냥 받아주세요.

나는 네 손에 든 이력서를 빼앗다시피 한 다음 담당자에게 내민다.

일단은 받고, 받는 시늉이라도 하고, 그후엔 버리든지 말든지 마음대로 했으면 좋겠다. 일단 우리가 보는 앞에서 이력서를 받고, 적어도 우리가 돌아갈 수 있게 해줬으면 좋겠다. 아니다. 이력서고 뭐고 어떻게 이따위로 사람을 대할 수 있냐고 따져묻고 싶다.

아, 진짜 미치겠네.

그런 말을 중얼거리는 담당자의 얼굴에 노골적으로 불쾌한 기색이 어른거린다. 그걸 보는 내 입에서 금방이라도 무슨 말이 튀어나올 것만 같다.

그냥 가자.

결국 네가 내 팔을 잡아끈다. 기다렸다는 듯 담당자가 사무실로 들어가고, 우리는 아무런 소득 없이 그곳을 나온다. 우산을 든 내가 앞서고 반으로 접은 이력서를 쥔 네가 뒤따라온다. 밖은 여전히 춥고 버스 정류장까지 걸어가는 동안 너도, 나도 말이 없다.

웃기고 있네.

버스가 출발할 때에 내가 중얼거린다.

규정 좋아하고 자빠졌네.

엔진 소리를 이기려고 나는 자꾸만 언성을 높인다. 너는 대꾸가 없고 그럴수록 점점 더 화가 난다. 나는 맹한 얼굴로 사무실 입구에 서서 똑같은 말을 반복하던 담당자의 얼굴을 떠올리고 담당자의 면상에 퍼붓듯이 아무 말이나 한다. 말은 점점 더 거칠어지고 사나워진다. 그러다보니 정말이지 가만두고 싶지 않다는 생각이 든다. 지금이라도 되돌아가서 어떻게든 무엇이든 하고 싶어진다.

다시 보니 거기엔 담당자가 아니라 네가 서 있다.

앞뒤가 꽉 막혀서 등신 같은 게.

그 말을 하면서 나는 그 담당자가 아니라 공손한 얼굴로 대책없이 사무실 앞에 서 있던 너를 떠올리는지도 모른다. 어떤 취급을 당하는지도 모르고, 화를 낼 줄도 모르는 너를 탓하고 싶은 것인지도 모른다. 내가 있으니까, 나에게 의지하면 된다고 생각하고 무엇이든 어떻게든 당장 하려고 하지 않는 너를 몰아세우고 싶은

지도 모른다.

분노는 방향을 틀고 너에게로 간다. 나에게도 너만 믿고 너를 의지한 시기가 있었던 것 같은데, 그런 걸 당연하게 여겼던 시절이 있었던 것 같은데 그 순간만큼은 그런 시간 전부를 잊은 것 같다.

너는 시시때때로 공과 사의 경계를 무너뜨리는 사람이고, 일과 생활의 경계를 흐릿하게 만드는 사람이고, 모두를 곤란하고 난처한 상황 속에 몰아넣는 사람이고, 같은 실수와 잘못을 반복하면서 거듭 우리의 생활을 위태롭게 만드는 사람이고. 그 순간엔 그런 식으로 너에 대한 원망과 미움을 부풀리는 데에 또다시 몰두하게 된다.

그러나 네가 그런 사람이 아니었다면 우리는 어떻게 우리가 될 수 있었을까.

어때요? 괜찮아요? 내가 도울 일이 있어요? 무슨 일 있으면 이야기해요.

네가 경계심 없이 그런 말을 건네고, 겁없이 내게 다가오지 않았더라면 어떻게 지금처럼 나란히 버스에 앉아 함께 귀가할 수 있었을까. 각자의 존재를 모른 채 오래도록 철저하게 분리되어 있었던 서로의 생활이 어떻게 이처럼 맞닿고 겹쳐질 수 있었을까.

괜찮아. 내가 일하잖아. 면접이야 다른 데 또 보면 되지.

집 앞에 도착하고 나서 나는 그렇게 한마디를 한다. 그런 식으로 또 얼마간 우리 생활을 책임지겠다는 다짐을 하게 된다.

겨울이 가고 봄이 오는 동안 너는 조금 더 멀리 떨어진 장애인 복지관과 노인 복지관, 데이케어센터 서너 곳에 이력서를 내고 면접을 보러 다녔다. 그리고 5월이 되기 전 네가 취업한 곳은 그동안의 네 경력과는 무관한 임시직이다. 환경디자인 건축 전시에 응모하는 공모 작품을 받고 정리하고 분류하는 일이다.

겨우내 뼈대만 남은 듯 앙상하던 거리의 풍경은 이제 푸르고 싱그러운 빛깔로 가득하다. 나는 점점 더 환해지고 무성해지는 봄의 기운을 느끼며 너를 기다리는 중이다. 오후 여섯시가 조금 지나고 네가 전화를 건다. 돌아보자 멀리 사거리에 차들이 멈춰 서는 것이 보인다. 신호가 바뀌고 횡단보도를 건너는 사람들 틈에서 나는 너를 단번에 찾아낸다.

뭐 맛있는 거 먹을까?

내가 물으면 너는 자꾸 뒤를 돌아보고 주변을 살피며 소곤거린다.

그럴까? 아니다. 오늘은 그냥 가자. 집에 가서 밥 먹자.

거리는 오가는 사람들로 붐비고 후텁지근한 바람이 분다. 네가 일하는 홍보 사무실 앞 탁 트인 거리를 지날 때에 네가 소곤거린다.

보여? 그 사람이야, 그 사람. 우리 계속 따라오지?

그러면서 내가 뒤돌아보지 못하도록 손을 꽉 쥔다. 손바닥이 땀으로 흥건하다.

누구?

그 사람 있잖아. 그저께 그 사람.

며칠 전 네가 일하는 환경디자인협회에 공모 작품을 들고 왔던 사람. 너는 오늘 접수가 모두 마감되었다고 말했다. 그 사람은 네, 하고 돌아가는 대신 그 자리에 쪼그리고 앉아 커다란 쇼핑백에서 네모난 아크릴 상자를 꺼냈다. 투명한 아크릴판 안에는 태양빛만 있으면 겨울을 따뜻하게, 여름을 시원하게 보낼 수 있는 나선형의 건물이 있고, 건물을 둘러싼 나무가 있고, 건물이 비치는 호수가 있고, 널찍한 주차장과 정원이 있다.

진짜 그런 집이 있으면 정말 가서 살고 싶더라.

잠꼬대처럼 네가 그런 말을 한 기억이 난다. 그 사람은 접수 시간은 여섯시까지이고 이미 여섯시가 지났다는 너의 말은 듣지도, 들으려고 하지도 않으면서 막무가내로 무조건 받아달라고 사정했다.

좀 받아주세요. 접수만 해주세요. 네?

너는 사무실 안쪽에서 종일 접수된 작품들에 번호를 매기고 엑셀표로 정리하고 마무리하는 사람들을 돌아본 뒤 어쨌든 이건 규정이고 규정을 따라야 한다는 말을 했다. 어쨌든 너는 한 달 고용된 접수만 받는 사람이고 뭔가를 결정할 수 있는 위치가 아니었으니까. 네가 그 사람의 작품을 받으면 규정을 위반하는 것이 되니까. 그건 다른 사람들의 기회를 빼앗는 일일 수도 있으니까.

아니, 네가 걱정한 건 퇴근 시간이 지나도록 퇴근하지 못하고 일하는 동료들이었고, 그들에게 폐를 끼치게 될지도 모른다고 생각했다.

그냥 받아만 주세요. 아직 일곱시도 안 됐잖아요. 한 번만 받아 주시면 안 돼요? 제발요. 정말 이렇게 부탁드립니다.

그 사람은 화를 내지도 않고 언성을 높이지도 않고 거의 애원조로 빌었다고 했다. 이른아침 출발했는데 기차를 놓쳤고, 이걸 만드는 데에 오 개월 넘게 걸렸다며 거의 울먹이는 목소리로 너를 당혹스럽게 하고 옴짝달싹 못하게 했다고 했다. 결국 작품을 카트에 하나씩 옮겨 싣던 직원이 너를 나무랐다. 어쨌든 빨리 돌려보내라는 게 네가 들은 말의 전부였다.

그 사람 버스에 탄 거 같지?

마을버스는 퇴근하는 사람들로 붐빈다. 사람들이 앞문으로, 뒷문으로 계속 밀고 들어온다. 땀냄새와 에어컨 냄새가 뒤섞이고 우리 사이가 자꾸 벌어진다. 나는 사람들 틈을 파고들며 너와 멀어지지 않으려고 안간힘을 쓴다. 그러면서 주변을 둘러보고 네가 말하는 그 사람을 찾아보려고 한다.

있는 거 같지? 있지?

모두가 그 사람 같다. 다들 속을 알 수 없는 표정으로 날이 선 분노 같은 것들을 조용히 움켜쥐고 있는 것 같다. 그러므로 여기 있는 사람 모두가 그 사람이라고 해도 이상할 것이 없다. 그럼에도 나는 너를 안심시키려고 최선을 다한다.

괜찮아. 그 사람 없어. 없다니까.

너는 불안을 떨치지 못한다.

고만고만한 빌라들이 다닥다닥 붙은 좁은 골목 입구에 내릴 때까지도 너는 몹시 긴장한 얼굴이다. 일곱시가 지났는데도 날은 저물 기미가 없다. 건물과 건물 사이를 빠져나온 햇살이 너의 얼굴로 쏟아진다. 교복을 입은 학생들이 신발주머니를 휘휘 돌리며 뛰어간다. 개 짖는 소리. 확성기를 단 트럭이 멀어지는 소리가 들린다.

문득 돌아보자 버스 정류장 아래쪽에서 우리를 뒤따라오는 누군가가 있다.

그 사람 아냐, 저기?

네가 걸음을 멈추고 나도 그 자리에 멈춰 선다. 겁에 질린 목소리. 경직된 자세. 너에게서 오는 두려운 기색들이 그 사람을 점점 더 위협적으로 만든다.

그 사람이야? 확실해?

너는 눈을 가늘게 뜨고 고개를 갸웃거린다. 그렇다는 것인지, 아니라는 것인지, 알 수가 없다. 우리는 천천히 다가오는 그 사람의 모습을 보며 서 있다.

저렇게 다가오다가 문득 달려와서 너의 머리채를 잡아챌지도 모르지. 완력으로 나를 가로막고 너를 곧장 바닥에 패대기칠지도 모르지. 주머니에서 반짝이는 과도 같은 걸 꺼내어 위협할지도 모르지. 어디선가 벽돌이나 각목 같은 것을 집어들지도 모르지. 네가 혹은 내가 소리를 지르고 저항하면 가방에서 뜨거운 염산 같은 것을 끼얹을지도 모르지.

문득 지난해 아주 추운 겨울날 만났던 그 사람이 떠오른다. 너를 잡상인 취급하며 내내 사무실 밖에 세워두었던 사람. 계산기를 두드리며 이천 시간이 되니 마니 고약하게 굴던 사람.

그만 가자. 얼른 가자.

나는 멍하니 서 있는 네 팔을 잡아끈다.

그러니까 그 복지관 담당자를 생각하면 저 사람이 뭐든 할 수 있을 것 같다. 내가 느꼈던 분노와 울분을 저 사람이 똑같이 가졌다고 생각하면 아주 짧은 순간 뭐든 저지를 수 있을 것만 같다. 등을 내보이면 곧장 달려들고, 단숨에 우리를 덮치고. 어떤 식으로든 가만두지 않을 것 같다.

나는 네 손을 힘껏 쥔다.

그만 보라니까, 빨리 가자.

건물 그림자 탓에 그 사람의 얼굴은 보였다가 말다가 한다. 햇살이 비칠 때마다 그의 실루엣이 환하게 잘려나간다.

그냥 가면 어떡해? 내가 말해볼까? 그냥 내가 이야기해볼게.

네가 내 손을 뿌리친다. 여전히 그 사람이 우리를 뒤따라오고 있는데, 무슨 짓을 할지도 모르는데, 겁도 없이 또 감당도 못할 일을 벌이려고 한다.

뭘 말해. 얼른 집에 가자. 가서 신고하자.

나는 네 재킷을 잡아당긴다.

그러나 너는 이대로 집으로 돌아갈 마음이 없다. 너는 부드럽게 내 손을 밀어내고 조금 더 큰 목소리를 낸다. 저 사람이 저러는 이유를 자신도 모르는 게 아니라고. 이대로 보내면 저 사람은 찾아오고 또 찾아오고 계속 찾아올 거라고. 너는 잘 설명할 자신이 있다고 하고, 사정을 알고 나면 저 사람도 이해하게 될 거라고 한다. 모든 게 입장이 달라서이고 저 사람에게도 우리가 모르는 사정이 있을 거라고 말한다.

그러니까 너와 함께 지내는 동안 내가 수없이 들었던 말이다.

잠깐 여기 있어.

너는 그렇게 이르고는 그 사람 쪽을 향해 돌아선다. 그런 후에는 작정한 것처럼 우리를 향해 다가오는 그를 향해 걷기 시작한다.

저기요, 저기요!

그 사람을 부르는 네 뒷모습이 그 사람과 점점 가까워진다. 내가 할 수 있는 건 조마조마한 마음으로 그 모습을 지켜보는 게 전부다. 그 사람은 이마에 손을 갖다대고 눈을 찌푸린 채 너를 본다. 확인을 하듯 주변을 둘러보고 손가락으로 자신을 가리키며 웃는 것도 같다.

결국 내가 너를 뒤따라간다.

저기요, 우리 따라왔어요? 우리 따라왔느냐고요.

나는 그렇게 목소리를 높이며 드문드문 거리를 오가는 사람들의 주목을 끌기 위해 애쓴다. 그 사람은 그 자리에 우두커니 멈춰서 있다. 자신에게로 다가오는 너와 나의 모습이 당혹스러운 눈치다. 아니, 그건 내 착각인지도 모른다.

어디서부터 따라온 거예요? 왜 따라와요?

좁은 골목에 내 목소리가 쾅쾅 울린다. 두려움을 이기려고 목소리는 계속 커지고 그럴수록 이 모든 일이 다 너 때문인 것 같다. 내일은, 모레는, 다음주에는, 다음달에는 저기 서 있는 저 사람보다 더한 걸 데려올지도 모르지. 너는 우리의 생활을 위태롭게 하는 사람이고 위협적으로 만드는 사람이다. 정말 이런 생활을 그만두고 싶다는 생각이 나를 꼼짝 못하게 한다.

그리고 네가 내 쪽을 돌아보며 손을 들어 보인다.

그만해.

입술만 움직여 내게 그렇게 주의를 주더니 너는 그 사람과 마주선다. 무슨 말을 건네는 것 같다. 네 뒷모습에 가려 그 사람의 얼굴은 보였다가 말다가 한다. 그 사람이 이리저리 자세를 바꾼다. 뭔가를 찾는 듯 그 사람이 호주머니를 뒤질 때마다 불안한 마음이 든다. 마침내 그 사람이 꺼낸 건 담배다. 그 사람은 담배에 불을 붙이고 서너 번 연기를 내뿜고 너에게 무슨 말인가를 하고는 너를 지나쳐 걷는다. 내 옆을 지날 땐 고개를 들어 나와 눈을 맞추고 성큼성큼 좁은 골목 안쪽으로 사라져버린다.

아니래. 그냥 이 동네 사는 사람이래.

너는 홀가분한 얼굴로 다시금 내 곁으로 와 선다. 그 순간 온몸의 긴장이 빠져나가고 잠깐 어지러운 느낌이 든다. 하얗게 질린 네 얼굴에도 천천히 핏기가 돌아오는 게 보인다.

다행이다. 그지?

나는 대답하지 않는다. 다행이라니. 그런 생각은 조금도 들지 않는다.

그러나 한밤에 나란히 누워 잠이 들 무렵에는 이만하면 나쁘지 않고, 어쨌거나 조금씩 더 나아지고 있다는 생각을 하게 된다. 그만하자, 헤어지자, 내내 벼르듯 쥐고 있었던 그런 말은 또 어디론가 사라져버리고, 내일은, 모레는, 더 좋아질 거라는 말을 하게 된다. 이렇게 오 년이 지났구나, 이대로 십 년이 가고 또 십 년이 갈 수 있겠구나, 그런 생각에 오싹해지면서도 네가 없는 생활은 상상할 수 없고, 감당할 수 없다는 생각을 하게 된다. 수없이 놓아버리고 그만두고 포기하고 싶으면서도, 끈질기게 너를 놓으려고 하지 않는 나의 모습을 거듭 확인하는 지금의 생활만으로도 충분하다는 생각을 하게 된다.

자정
무렵

저녁이다.

공원은 산책을 나온 사람들로 붐빈다. 고개를 들면 가느다랗게 난 공원길을 사이에 두고 양편으로 우뚝 솟은 아파트 단지가 보인다. 아파트 단지들이 들어서기 전 이곳엔 작고 오래된 가게들이 오밀조밀 모여 있었다.

종다리, 봉쥬르, 딸기, 비너스, 장미, 궁전.

번쩍거리는 간판은 눈이 따가울 정도였지만 창과 출입문엔 빈틈없이 반사필름이 붙어 있어서 도대체 뭘 파는 곳인지, 뭘 하는 곳인지 알 수 없었다. 한 번씩 사람들이 드나들 때마다 문틈으로 불그스름한 불빛이 새어나오던 기억이 난다. 아니, 내가 뭔가 잘못 기억하고 있는지도 모르지. 이제 그런 흔적은 하나도 남아 있지 않다. 겨우 삼사 년 전 일인데도 다들 그런 기억은 깨끗하게 지워버린 것 같다.

공원 입구에 설치된 운동기구들 앞에 멈춰 섰을 때 네가 말한다.

유리 기억나지? 유리, 유리 말이야.

바람은 차고 자꾸만 몸이 움츠러든다. 산책이고 뭐고 그만 집에 가고 싶다. 너는 그럴 마음이 없어 보인다. 너는 운동기구에 붙은 사용법을 골똘히 들여다보며 한번 더 유리의 이름을 말한다.

유리? 유리가 누군데?

그렇게 되묻자 너는 기억에 도움이 될 만한 이야기를 조금 더 한다. 집 나온 애들, 미혼모, 쌈닭, 블루라이트 요코하마. 거기까지 들었을 때 기억 속에서 단번에 그 이름이 떠오른다.

미러볼이 도는 어둑어둑한 노래방에서 유창한 일본어로 노래를 부르던 유리의 모습이 생각난다. 너는 술에 취해 잠이 들고 맞은편에 앉은 유리의 남자친구는 스마트폰을 내려다보며 말이 없었다. 그래서 노래가 끝날 때까지 박자에 맞춰 박수를 치는 사람은 나 혼자였다.

깡마른 체구에서 어떻게 그런 묵직한 목소리가 나오는 걸까. 한번씩 말을 더듬던 버릇도 노래를 부르는 순간엔 다 사라지고 없었다. 그 노래 제목이 블루라이트 요코하마라는 건 나중에 알았다. 실은 유리가 일본어를 거의 못한다는 사실도. 일본 노래든 중국 노래든, 노래방 기기에선 한국어 발음이 가사 아래 표기된다는 것도 처음 알았다.

유리는 너의 친구였다.

중학교 때인가, 고등학교 때인가. 영문도 모른 채 따돌림을 당하던 너에게 말을 걸고, 체육 시간이나 가정 시간에 기꺼이 짝이 되어준 사람이 유리라고 했다. 누군가가 시비를 걸면 네 곁에 붙어 서서 잘잘못을 따지고 하나둘 가세한 아이들과 삼 대 일로, 사 대 일로, 끈질기게 말싸움을 벌였다고 했다. 얼마 안 가 학내에 너와 유리가 사귄다는 소문이 파다하게 퍼졌다고 했다. 어딜 가든, 뭘 하든, 묘한 경계와 호기심의 눈초리가 너와 유리의 뒤를 낄낄거리며 쫓아다녔다고 했다.

진짜? 진짜 사귄 거야?

몇 차례 내가 물었는데 너는 아니라고 잘라 말했다. 유리는 그런 사람이 아니라고. 그러니까 너에게 특별한 감정이 있어서 그랬던 게 아니고 그게 잘못된 일이기 때문에 바로잡으려 했을 뿐이라는 거였다.

유리는 너와 함께 대학을 다녔다. 대학을 다니는 동안엔 미혼모들을 돌보는 쉼터 같은 곳에서 오래 봉사활동을 했고, 졸업 후엔 일본으로 유학을 가려 했는데 어쩌다보니 시기를 놓쳤고, 그런 뒤엔 지역의 대안학교에서 일한다고 들었다. 어디까지나 너에게 들은 이야기여서 어디까지가 사실이고 아닌지 알 수는 없었다.

너를 만나고 일 년이 좀 못 되었을 무렵에 나는 유리를 만난 적이 있었다. 좋은 친구다, 한번 보자, 다 같이 만나자. 잊을 만하면 조르던 너의 부탁에 못 이긴 척 자리를 만든 거였다. 어색하고 불편할 거라는 예상과는 달리 그날의 만남은 자연스럽고 유쾌했다.

저녁식사가 끝나고 맥주를 마시는 동안에도 유리의 이야기는 자신의 안부와 근황을 조심스럽게 오갔다. 그러다 문득 남자친구를 불러도 되냐고 물었는데 그 사람이 온 뒤에도 달라진 건 거의 없었다. 너와 내 일상을 궁금해할 때도 있었지만 모두 적당한 수준이었고 불필요한 경계선을 넘지 않기 위해 몹시 주의를 기울이는 듯 보였다. 내가 혹은 네가, 우리에 대해 무슨 이야기를 어떻게 하든 그러려니 여기고, 더 알려고 하거나 캐묻지 않는 무관심함이 유연하고 담백한 사람이라는 인상을 주었던 것 같다.

네 친구 중에도 이런 사람이 있구나.

대화를 주도하는 유리에게서 어떤 노련함, 세련됨, 배려와 친절 같은, 너에게선 좀처럼 느낄 수 없었던 덕목들이 자연스럽게 배어 나왔다. 그러기 위해서 안간힘을 쓰고 있다는 느낌은 받지 못했다. 그건 오랜 시간 몸에 밴 습관처럼 여겨졌고 그러므로 유리라는 사람에 대해 어떤 호감을 가질 수밖에 없었다.

오늘 나만 혼자 너무 떠든 것 같아.

헤어질 즈음에서야 유리는 그렇게 말했다. 택시를 잡으려고 다 같이 도로변에 서 있을 때였다. 한참 만에 택시를 잡고 뒷좌석에 올라타며 유리는 한마디 더 했다. 잘 지내라는 말이었나. 또 보자는 말이었나. 아무튼 창밖으로 얼굴을 내밀고 손을 흔들던 유리의 모습이 인상적으로 남아 있었다.

아까 오후에 유리가 전화했더라. 사무실을 옮겨야 한다나봐. 이 근처로 알아보면 어떨까 하던데?

이 근처?

아니, 여긴 못 구하지. 저기 고개 너머 동네 있잖아.

어디선가 고양이 한 마리가 튀어나오고 산책 나온 개들이 한꺼번에 짖는다. 너는 동그란 발판을 디디고 올라선 다음 두 손으로 손잡이를 잡고 요리조리 허리를 돌리기 시작한다.

사무실만? 집은 어쩌고?

걔가 집이 어디 있어. 사무실 옮겨오면 집도 그 근처로 다시 구하겠지.

나는 커다란 나침반처럼 생긴 기구 앞에 서서 양끝에 매달린 끈을 번갈아 잡아당기며 조금 더 자세한 안부를 전해듣는다. 대안학교를 그만두고, 지인들과 함께 사무실을 열어 마을 사업 같은 것을 벌이다가 다시 몇 사람과 함께 독립을 준비한다는 이야기가 이어진다. 그동안 나는 좋은 일을 한다거나, 대단하다거나, 잘되었으면 한다거나 하는 짤막한 대답을 보태지만 실은 줄을 놓칠까봐 온 신경을 곤두세우고 있다. 바짝 당겨졌던 끈이 빠르게 되감기면서 몇 번이고 턱이나 볼을 때릴 뻔한다.

넌 꼭 그러더라. 사용법을 먼저 읽어야지. 거기 옆에, 옆에 붙어 있잖아. 또 안 읽었지?

너는 동그란 발판에서 내려와 재빨리 옆 기구로 옮겨간다. 두 다리를 뻗고 앉아 체중이 실린 손잡이를 끌어당기는 너의 얼굴이 일그러진다. 매일 저녁 저렇게 열심히 운동을 하는데도 왜 체중은 조금씩 더 느는 걸까. 집에 있는 낮 동안 칼로리가 높은 음식들을 실컷 먹는지도 모르지. 불안함과 초조함을 먹는 걸로 해소하려는지도 모르지. 아니, 실은 어디론가 매일 출근하지 않아도 된다는 느긋함을 즐기고 있는지도 모르지. 자격증이니 시험이니 그런 건 금세 잊어버린 건지도 모르지. 나는 그런 추측들을 몰아내려고 더 힘껏 줄을 잡아당긴다.

그리고 며칠이 지난 어느 저녁에 네가 다시 유리의 이야기를 꺼낸다.

내가 유리 사무실 구했다고 말했나?

너는 내가 사온 식료품들을 하나씩 꺼내 요리조리 돌려보며 잠깐씩 말을 그친다. '위험한 식탁'이니 '자연의 역습'이니 그런 다큐멘터리를 우연히 본 뒤로 너는 먹는 것에 퍽 까다롭게 군다. 계란 껍데기에 사육 환경과 생산 농가를 식별할 수 있는 번호가 찍혀 있다고 알려준 것도, 미국이나 브라질, 독일에서 어떻게 사육되고 얼마 동안 건너왔는지 모를 고기를 먹느니 차라리 굶는 것이 더 낫다고 말해준 것도, 시중에 파는 팝콘은 죄다 유전자조작 옥수수로 만든다고 경고한 것도 너다. 그러나 퇴근 후 사람들로 붐비는 마트에 서서 포장지에 붙은 조그마한 글자들을 읽고, 원산지나 첨가물을 꼼꼼하게 확인하는 게 훨씬 더 피곤한 일일 수 있다는 건 모르는 것 같다. 뭐든 살 때마다 요모조모 따지고 가격을 비교하면서 식품을 고르고 가려 먹는 게 정신건강엔 오히려 더 해로울 수 있다는 건 생각하지 못하는 것 같다.

이건 사오지 말라니까 또 사왔네. 이런 건 먹으면 안 좋아. 몸에 나쁘다고.

너는 두부 하나를 꺼내고 소시지 한 봉지를 골라낸다. 그런 다음 그것들을 냉장고 한쪽 구석에 밀어넣는다.

한국은 포장이 너무 과해. 한 사람이 하루에 플라스틱 하나만 더 써도 그게 일 년이면 동남아시아 어디 섬 하나 크기가 된다고 내가 말했지? 정말 끔찍해.

너는 바닥에 쪼그리고 앉아 포장지를 뜯고 종류별로 분류하며 투덜거린다. 나는 나머지 재료들로 간단히 저녁을 준비한다. 가지와 호박, 토마토를 굽고 닭고기를 삶는 내 옆에 서서 너는 양배추와 피망을 가느다랗게 썬다. 칼로리도 낮고 몸에 이롭다는 것들로 채운 식단. 그러나 식사가 시작되기도 전에 식욕이 다 달아난 기분이다.

유리 사무실 오픈하기 전에 나도 뭐 하나 사주고 싶어.

간을 거의 하지 않은 음식에선 아무런 맛도 나지 않는다. 나는 음식을 내 접시에 던 다음 자꾸만 소금과 후추를 더 넣는다. 너는 주의를 주듯 소금과 후추를 네 쪽으로 가져다 놓는다.

뭘 사줄 건데?

내가 묻고 네가 대답한다.

이왕 사주는 거 뭐가 필요한지 한번 물어볼까? 괜히 쓰지도 않는 거 사줄 필요 없잖아.

나는 그러라고 한다. 그래봐야 전자레인지나 가습기, 전기포트나 프린터 정도겠지. 직장을 그만두고 일 년째 자격증 시험을 준비하고 있는 네 처지를 모르지 않으니까. 유리가 부드럽게 거절을 할지도 모르지. 그래서 유리가 냉장고나 에어컨 중 하나를 사달라고 구체적으로 요구했다는 이야기를 전해들었을 때는 다소 놀라운 마음이 든다.

주말 내내 우리는 전자제품 대리점을 찾아 조금씩 더 멀리까지 걸어간다.

두 분이서 쓰실 거예요?

직원이 물을 때마다 너는 열 평 남짓 되는 사무실에서 서너 명이 사용할 거라고 답한다. 직원은 기본형 냉장고 앞을 지나쳐 양문형 냉장고가 늘어선 쪽으로 우리를 안내한다. 조그마한 사무실에서 겨우 몇 사람이 사용할 정도면 된다고 이야기하던 너는 어느새 팔짱을 끼고 직원의 말에 고개를 끄덕이고 있다. 냉장고 같은 가전제품은 돈을 더 주더라도 크고 튼튼한 것을 고르는 게 합리적이라는 직원의 말에 또 어느새 설득당한 눈치다. 그렇게 세 군데 대리점을 돌아본 뒤에 너는 어쨌든 크고 좋은 걸로 사는 게 낫겠다는 결론을 내린다. 그런 후엔 겁도 없이 팔백 리터가 넘는 최신형 냉장고 모델을 고른다.

사무실이 크진 않잖아? 이렇게 큰 냉장고를 놓을 자리가 있을까? 너무 커 보이는데.

직원이 계약서를 가지러 간 동안 내가 소곤거린다. 너는 이왕이면 좋은 걸 해주고 싶다고, 마음 같아선 제일 좋은 것으로 사주고 싶다고 말한다. 그래도 내가 지갑을 꺼내지 않고 머뭇거리자 어쨌든 할부금은 틀림없이 자신이 내겠다고 다짐을 둔다.

걱정 마. 할부금은 내가 내. 내가 낼 거라고.

무슨 수로, 어떻게 낼 거냐는 질문을 나는 간신히 참는다. 당장은 버는 돈도 없고 모아둔 돈도 거의 바닥나지 않았느냐는 말도 꺼내지 못한다. 지난번 빌려간 돈도 아직 갚지 못했다는 이야기도 끝내는 삼켜버리고 만다.

몇 해 전 겨울인가. 네가 후배 두 명을 집으로 데려온 일이 있었다. 오랜만에 가볍게 맥주나 한잔하고 헤어질 생각이었는데 시간이 늦어졌다고 했고, 취한데다 춥고 집이 멀어서 그냥 돌려보내긴 아무래도 불안했다고 너는 설명했다.

현관에 들어서면 조그마한 거실 겸 주방이 있고, 주방을 사이에 두고 조금 더 큰 방과 이런저런 쓰지 않는 짐을 보관하는 용도로 쓰는 작은방이 전부인 비좁은 집에 무슨 생각으로 사람을 데려온 걸까. 내가 굳은 얼굴로 싱크대 앞에 서 있는 동안 너는 그애들에게 편한 옷을 내주고 수건을 건네며 화장실로 밀어넣다시피 했다. 그런 뒤엔 제발 그런 식으로 굴지 말라고 소곤거렸다.

걔들이 하루를 있어, 이틀을 있어. 그래봐야 고작 몇 시간이야. 겨우 몇 시간 불편하고 말 일이라고. 이 밤에 걔들을 보내서 사고라도 나면 어쩔 건데? 그냥 재우고 아침에 보낼게. 그게 안전하잖아.

지금이라도 택시를 불러 보내는 게 서로에게 좋다는 말은 하지 못했다. 그리고 며칠이 더 지나서야 열쇠고리와 향수 미니어처 몇 개가 없어진 걸 알았다. 오래전 여행에서 내가 사온, 몹시 아끼는 것들이었다.

너, 걔네 의심하는 거야? 걔네가 가져갔다고 생각하는 거야? 그런 애들 아니야. 넌 늘 내가 아는 사람들을 그런 식으로 취급하더라.

처음부터 너는 내 편이 아니었다. 어쩌면, 혹시, 만약에. 어떻게든 조심스럽게 이야기를 시작해보려는 내 말을 자신에 대한 공격으로 받아들였고 모욕을 당한 것처럼 굴었다. 네 말처럼 값이 나가는 물건들도 아니었고, 따지고 추궁해서 그 물건들을 되찾으려고 한 것이 아닌데도.

그 일이 있고 난 뒤에도 나는 네가 아는 사람들을 몇 번 더 만났다. 아는 오빠, 친한 선배, 착한 동생, 좋은 친구. 그러나 막상 만나고 나면 도대체 왜 만났을까 싶은 사람들이 대부분이었다. 너라는 공통분모 하나만을 가지고 만나기엔 다들 개성이 강하고 불편했다. 이렇게까지 시간과 노력을 들여 만날 필요가 있을까 싶었지만 그런 말을 입 밖으로 꺼낸 적은 없었다.

그럼에도 나는 유리네 사무실 오픈 날에 틀림없이 참석하겠다는 약속을 한다. 핑계를 대고 대답을 미루면서 너와 불필요한 신경전을 벌일 자신이 없어서다. 아니, 가지 않으면 그 일에 대해 두고두고 서운함을 표시할 네 집요한 성격을 잘 알기 때문이다. 어쨌든 너와 가까운 누군가 한 명을 꼭 만나야 한다면 유리가 가장 적당한 사람일지 모른다고 생각하려고 애쓴다.

한 주가 지나고 금요일 오후에 냉장고 배송이 완료되었다는 문자가 온다. 유리네 사무실에서 오픈 파티가 열리는 날이다. 나는 퇴근 후 곧장 유리네 사무실로 간다. 문을 활짝 열어놓은 일층 식당을 지나 문 닫힌 이층을 지나자 삼층에 유리네 사무실이 있다. 그곳은 반듯한 건물이 아니고 주택 옥상에 임시로 올린 가건물이어서 어딘가 불안하고 위태로워 보인다. 커다란 화분과 플라스틱 바구니, 어디에 쓰이는지 모를 고무통 같은 것들이 옥상 한쪽을 차지하고 있다.

꿈꾸는 마을 연구소.

출입문에 액자처럼 생긴 현판이 붙어 있다.

일찍 왔네.

노크를 하고 문을 열자 더운 공기와 말소리들이 달려나온다. 둥 그런 테이블에 사람들과 둘러앉아 있던 네가 얼른 자리에서 일어난다. 등을 보이고 앉아 있던 사람들이 일어서서 차례로 인사를 건넨다. 유리와 함께 사무실을 운영한다는 사람 둘, 공부방과 공방을 운영하는 사람이 셋, 마을 주민 자격으로 왔다는 한 사람이 더 있다. 그들 중엔 애가 둘인 부부도 있다. 고작해야 서너 사람이 전부일 거라고 짐작했던 모임은 꽤 규모가 크다. 나는 네 옆에 조심스레 자리를 잡고 앉는다. 그런 뒤에는 자욱하게 고여 있는 페인트 냄새를 맡으며 천천히 사무실 안을 훑어본다.

사무실 한가운데 놓인 테이블 뒤로 일인용 책상이 두 개. 코너에 조그마한 싱크대가 있고, 창가 주변에 키가 작은 책장과 선반, 접이식 의자가 놓여 있다. 다 어디서 가져온 물건들인지 새것처럼 보이진 않는다. 길이나 너비, 색깔과 모양 같은 것들이 다 제각각이어서 몹시 어수선한 느낌이 든다. 새로 칠한 게 분명한 바닥과 벽, 천장도 말끔해 보이진 않는다.

네가 보낸 양문형 냉장고는 창문을 반쯤 가린 채 사무실 한구석에 서 있다. 도대체 어디에 어떻게 놓아야 할지 모르겠다는 듯. 일단은 거기 세워둔 것 같다. 몇 번 더 사무실을 둘러보지만 덩치가 산만한 냉장고를 둘 적당한 공간은 찾을 수가 없다.

유리는 한참 뒤에 사무실로 들어온다. 두 손 가득 술과 음료, 과자와 과일 같은 것들이 담긴 봉지를 든 채다. 곧바로 뒤따라 들어오는 남자가 헌옷이 담긴 상자들을 차례로 내려놓는다. 못 본 사이 유리는 살이 조금 붙은 것 같다. 깡말라서 몹시 예민하고 날카롭게 보이던 인상이 부드러워지고 한결 편안해 보인다.

우리 너무 오랜만이네요. 잘 지냈죠? 가끔 소식 듣고 그랬어요. 바쁠 텐데 와줘서 고마워요.

유리는 환한 얼굴로 인사를 한 뒤 곁에 선 남자를 가리키며 남자친구라고 소개한다. 삼 년 넘게 만났고 결혼식만 올리지 않았을 뿐이지 거의 부부나 다름없다는 이야기도 한다. 몇 년 전 처음 유리를 만났을 때 봤던 그 남자는 아닌 것 같다.

오빠는 다 처음 만나지? 여긴 내 친구. 그리고 내가 말했지? 내 친구 파트너.

남자가 고개를 숙여 인사를 한다. 내 표정에 드러난 당황한 기색을 읽었는지 유리가 한마디를 더 보탠다.

아, 괜찮아요. 여기서는 편하게 생각해도 돼요. 다들 좋은 사람들이니까. 편하게 해요.

일곱시가 조금 지나자 중국집 배달 음식이 도착한다. 몇 차례 유리가 독촉 전화를 걸고 언성을 높인 후다. 헬멧을 쓰고 온 남자는 숨을 몰아쉬며 음식을 꺼내놓는다. 그러면서 이런저런 불평을 하는 유리를 빤히 보며 한마디한다.

그릇은 요 아래 일층에 내놓으세요.

짜장면과 짬뽕은 면이 불어 있고 탕수육과 깐풍기 같은 요리는 식어버린데다 눅눅해져서 아무런 맛이 없다. 그럼에도 너는 튀긴 고기와 야채를 한꺼번에 입안으로 밀어넣는다. 다들 배가 고팠는지 한동안은 음식을 씹고 삼키는 데에 몰두하고 있다. 쩝쩝거리는 소리가 점점 커진다. 아니, 다시 보니 다들 작정한 것처럼 입을 벌리고 요란하게 소리를 내는 것 같다.

식사를 마친 후에 가벼운 술자리가 이어진다. 유리 곁에 남자친구와 사무실 식구들이 붙어앉고, 맞은편에 마을 사람들이 앉고, 너와 내가 창가를 등지고 앉는다. 한동안 이야기는 사무실을 오픈하고 새로 시작할 일들을 설명하는 데에 할애된다. 주민 사업, 교육센터와 케어센터 프로그램, 공동주택 시행 일정. 어떤 건 이미 시작했고, 어떤 건 진행중이고, 또 어떤 건 자금이 모아지는 연말부터, 내년이나 내후년엔 틀림없이 시작할 거라고 말한다. 그런 대화를 주고받는 사람들의 표정은 진지하고 비장해 보일 정도다.

오다가 보셨어요? 요 앞에 저희 마을회관 짓고 있거든요. 아니, 마을회관이라고 하니까 너무 옛날식이다. 그냥 동네 사랑방이라고 해야 되나? 이쪽 골목에. 아니, 그쪽 말고 저쪽 골목이요.

나는 사람들이 손가락으로 가리키는 방향을 가늠하다가 그냥 고개를 끄덕이고 만다. 우체국 골목이었나, 편의점 앞에서 공사중인 자그마한 가게를 본 것 같기도 하다. 어디든 고만고만한 크기의 건물들뿐이라 마을 단위의 사람들이 들락거리긴 무리일 거란 생각이 든다. 아니, 마을 사람들이 전부 들어가고도 남을 만한 회관을 짓는다고 해도 과연 몇 사람이나 거기 갈까 싶다.

유리가 갑자기 잔을 든 채 자리에서 일어난다. 그러더니 정말 살기 좋은 마을 공동체를 이루는 데에 힘을 모아달라고 건배사를 한다. 이미 시에서 주는 얼마간의 지원금을 받았다고 밝히고 구청에서 하는 지원사업에 선정되면 본격적으로 일을 벌일 수 있을 거라고 한다. 주택도 짓고 학교도 세우고, 마트와 병원, 극장과 식당까지 모든 걸 주민들이 직접 살피고 운영할 수 있는 공동체를 만들겠다는 포부를 밝힌다. 그래서 원한다면 누구나 십 년씩, 이십 년씩 안정적으로 살 수 있고 늙어서도 편안하게 지낼 수 있는 마을을 만들겠다는 약속도 한다. 스웨덴, 핀란드 같은 나라의 마을 이름을 언급하고 구체적인 사례를 제시하면서 어쨌든 장기적으로 가족이 있는 사람들도, 없는 사람들도, 청년들도 노인들도 다 함께 사이좋게 어울려 살 수 있는 곳으로 바꿔놓겠다는 다짐을 한다.

어때?

유리가 물으면 너는 삶은 풋콩을 하나씩 까다가 문득 천장을 올려다보며 답한다.

너무 좋지. 진짜 너무 좋을 것 같아.

그러면서 도움이 필요하면 얼마든지 돕겠다는 이야기도 한다. 정말 가능할까 싶은 이야기들이고 뭐 그럴 필요가 있나 싶기도 하지만 나는 의미 있는 일인 것 같다고, 어쨌거나 잘되었으면 좋겠다는 의견 정도만 덧붙인다.

이거 다음주 바자회 할 때 내놓을 물건들인데 한번 볼래?

문득 유리가 바닥에 놓인 상자를 열어 안에 든 것들을 테이블 위에 꺼내놓는다. 티셔츠와 바지, 스카프와 목도리, 신발과 인형 같은 것들이 한 움큼씩 테이블 위로 올라온다. 사람들의 손이 바빠진다. 너는 스팽글이 달린 보라색 티셔츠를 펼쳐보고 낚시 그물처럼 구멍이 숭숭 뚫린 스카프를 내 목에 둘러준다. 스카프에서 나프탈렌 냄새와 젖은 나무 냄새 같은 게 난다.

이런 건 너무 괜찮다.

모자를 써보고 토시를 껴보고, 재킷과 티셔츠 같은 것을 입어보며 사람들은 한마디씩 보탠다. 그중엔 아기 옷과 신발, 인형과 장난감, 액자와 앨범 같은 것들도 있다. 약 이 주간 마을 사람들이 모은 것들이고 필요하면 정기적으로 바자회를 열겠다는 유리의 말에 사람들이 반색한다.

사람들은 각자 마음에 드는 옷가지를 한두 개씩만 골라 가진다. 다 가져갈 수 없으므로 이것저것 고르는 사람들의 손길이 신중해진다. 너는 미니 액자 두 개와 실내에서 신는 슬리퍼 하나를 고른다. 나는 한참 만에 조그마한 도장 케이스 하나를 고른다. 몇 개 더 가져가라는 사람들의 권유에도 뭔가를 더 골라볼 마음은 생겨나지 않는다.

두 사람도 그냥 이쪽으로 이사오지. 이제 여기도 살기 좋아져요. 다른 동네 비하면 아직 집값도 싼 편이잖아요. 저 언덕 너머에 공동주택 새로 올리고 있는데 얘기 들었죠?

그리고 화제가 갑자기 우리 쪽으로 향한다. 내가 우물쭈물하며 대답을 미루는 사이 누군가가 한마디를 더 한다.

근데 어디 산다고 했죠? 두 분은?

네가 사는 동네를 언급하자 아, 그럼 충분히 이쪽으로 옮겨올 수 있겠네, 자가예요? 전세예요? 월세예요? 따위의 질문이 따라 나온다. 나는 아직 계약 기간이 많이 남았다고 둘러댄다. 그 집은 내 명의로 구입한 집이고 대출 거치 기간이 두 번 갱신되는 동안 네 돈이 조금 더 보태졌다. 그러나 나는 그런 사적인 이야기까지 털어놓을 마음이 없다. 집을 나서면 곧바로 큰 도로가 나오고, 조금 더 가면 하천을 정비해 만든 산책로가 이어지고, 버스 정류장과 지하철, 헬스장과 은행, 카페와 식당 같은 생활 편의 시설이 잘 갖춰진 그 동네를 떠날 생각도 해본 적이 없다. 재개발이니 재건축이니 하는 뜬소문에 휩쓸려 멀쩡한 건물을 부수고 짓고, 사람마다 달라지는 셈법으로 사고팔고 하는 일이 부지기수인 이 동네로 옮겨오고 싶다는 생각도 해본 적이 없긴 마찬가지다.

아, 맞다. 요 아래 이번에 새로 이사온 커플도 여자분들이에요. 가까운 데 살면 밥도 같이 먹고 이야기도 하고 좋을 것 같아.

그리고 저쪽에 앉아 있던 중년 여자가 손뼉을 치며 말한다.

저도 기억나요. 저 공원 뒤에 한 커플 더 살지 않아요? 맞아. 그랬던 것 같아. 왜 있잖아, 지난번 후원의 밤 할 때 오셨던 분들. 나이가 좀 있어 보였는데.

반가운 기색으로 유리가 한마디를 더 거든다.

그러는 동안에도 나는 그 사람들과 우리가 왜 밥도 먹고 가깝게 지내야 하는지 의아한 기분이 든다. 아무 관계도 상관도 없는 그들과 우리를 왜 한데 묶으려고 하는지도 알 수가 없다. 그러면서도 그것을 어떤 호의나 친절로 받아들이려고 최선을 다한다.

대화는 점점 더 이상한 방향으로 흘러간다. 어쨌든 점진적으로 그런 사람들도 우리가, 사회가 끌어안아야 한다는 이야기에 사람들은 열을 올리기 시작한다. 그런 사람들이라니. 소수자, 사회적 약자, 마이너리티, 관용과 배려. 듣다보니 거기엔 너와 나도 포함되어 있는 것 같다. 너는 말린 자두를 조금씩 떼어 먹으며 말없이 고개만 끄덕거리고 있다. 나도 잠자코 사람들의 이야기를 듣는다. 듣다보면 왜 이런 이야기를 듣고 있어야 하나 싶은 이야기들이고 나와 상관없는 일인 것 같은데도, 사람들은 자꾸만 나와 너의 의견을 묻고 동의를 구하고 싶은 눈치다.

그나저나 두 분은 무슨 일을 하세요?

그리고 누군가가 불쑥 그렇게 묻는다.

너는 주택관리사 시험을 준비하고 있다고 답하고 자격증 취득 이후의 계획들을 늘어놓기 시작한다. 아직 일어나지 않은 일이고 정말 그렇게 될까 싶은 이야기인데도 사람들은 네 말에 귀를 기울인다. 약속이나 한 듯 다들 네게 집중하고 있는 모습이 당황스러울 정도다. 아니, 가만 보니 그래야 한다는 어떤 의무감에 휩싸인 사람들 같다. 너는 사람들이 묻지 않은 이야기도 한다. 사 년 전 우리가 만났던 조그마한 영화 모임에 대해 설명하고 어쨌든 나를 만나고부터는 모든 게 다 좋아졌다며 나를 치켜세우는 데에 열심이다.

결국 네 입에서 내가 다니는 직장에 관한 정보까지 흘러나온다.

어머, 좋은 데 다니시네요. 거기 나름 대기업 아니에요?

공부방을 운영한다는 여자가 놀란 얼굴로 나를 본다. 그 회사는 대기업이 아니고, 대기업에 딸린 작은 하청업체일 뿐이라고, 나는 그곳에 소속된 직원이라는 내 설명을 듣고서도 사람들은 그래도 대우나 조건이 비슷한 거 아니냐고 알은체를 한다. 나는 몇 차례 더 구체적인 설명을 보태다가 그만 입을 다물어버린다. 사람들의 추측과 짐작들이 내 처지와 형편을 마음대로 상상하도록 내버려둔다.

그럼 두 분은 아무 걱정 없네. 직장 있겠다, 집도 있겠다. 그만하면 훌륭하지. 요즘엔 직장 없고 집 없어서 결혼 못하는 사람이 얼마나 많은데. 당장 결혼해도 되는 조건이지, 안 그래요?

저쪽에 앉은 여자가 불쑥 그렇게 말한다. 무슨 말일까. 무슨 말을 하고 싶은 걸까. 나와 눈이 마주치자 그 사람은 도망치듯 얼른 고개를 돌리고 유리 쪽을 보며 한마디 더 한다.

그나저나 여긴 언제 해? 결혼 말이야.

유리와 유리 남자친구에게 하는 말이다. 다음주에 열릴 행사 안

내문을 꼼꼼히 살펴보던 남자가 고개를 든다. 그러면서 지금은 결혼할 형편이 안 되고, 준비가 될 때까지는 미루기로 했다며 미소를 짓는다.

준비할 게 뭐가 있어. 서로 좋으면 그만이지.

여자의 남편으로 보이는 사람이 한마디 보태고 나자 화제는 곧장 유리와 유리의 남자친구 쪽으로 옮겨간다. 유리는 티슈로 테이블 위를 닦으며 지금은 서로 하는 일이 바빠서 결혼할 여력이 없다고 했다가 이왕 늦은 거 몇 년 더 늦는 것도 상관없다고 했다가 결혼이 뭐 중요한가요, 혼잣말을 하며 웃는다.

그렇잖아, 그지?

그리고 유리가 우리를 보고 묻는다. 사람들의 시선이 우리에게로 향한다. 잠시 침묵이 내려앉는다. 결혼이라니. 그런 건 한 번도 생각해본 적이 없고 원한 적도 없다는 대답을 하려는데 누군가가 내 말문을 막아버린다.

그래, 결혼 같은 거 해봐야 뭐해. 골치만 아프지. 연애만 해. 연애만 해도 되지 뭐.

그 사람의 말이 끝나자마자 가볍게 웃음이 터진다. 돌아보니 너도 다른 사람들처럼 박수를 치며 웃고 있다. 그러나 대화는 끈질기게 그 주제를 물고 늘어진다. 사람들은 결혼이 필수가 아니라는 이야기에 열을 올린다. 요즘은 옛날처럼 결혼에 목숨을 걸지 않아도 되는 시대이고, 누구나 자유롭게 사는 편이 훨씬 낫다고 말한다. 그럼에도 주택이니 세금이니 상속이니 하는 제도들이 결혼에 묶여 있는 건 참 문제라는 말도 한다. 어쨌든 누구든 결혼을 할 수 있도록 배려해야 한다고 목소리를 높이고, 여기저기서 들은 외국의 사례들을 들먹이기까지 한다. 도대체 이렇게까지 모두가 흥분하면서 해야 할 이야기일까 싶은데도 도무지 그만둘 기미가 없다.

그게 뭐 중요한가요. 각자 하고 싶은 대로 하면 되죠.

내 입에서 문득 그런 말이 튀어나온다. 이쯤에서 다들 그만했으면 좋겠다는 의미로 한 말이지만 분위기는 묘하게 더 경직된다.

결혼이야 원하면 얼마든지 할 수 있다는 내 말을 사람들은 이해하지 못한 눈치다. 내 말이 어떤 의미인지 제대로 파악하지 못한 게 분명하다. 너희가 결혼을 어떻게 해? 그런 의아함과 당황한 기색 같은 것들이 사람들의 얼굴 위로 떠오른다. 법과 제도 같은 데에 호소해가며 결혼할 마음이 없고, 당장은 결혼이든 아니든 너와 함께 생활하는 데에는 문제가 없고, 그러므로 이런 이야기에 더 말을 보태고 싶지 않다는 뜻을 알아차리는 사람은 아무도 없는 것 같다. 나는 조금 더 말한다. 말은 계속 길어지고 왜 이런 중요하지도 않은 문제에 대해 이렇게 길게 해명을 덧붙여야 하는지 점점 알 수 없는 기분이 든다.

그래, 맞아요. 우리나라도 빨리 그렇게 되어야지. 아니, 하고 싶다는데 왜 그걸 못하게 해, 못하게 막을 이유가 뭐가 있어요? 결혼하고 싶은 사람끼리 결혼하게 해주면 그만이지. 안 그래요?

누군가가 어색한 분위기를 흩뜨리듯 그렇게 말한다. 도대체 이 사람들은 나와 너를 어떻게 생각하는 걸까. 무슨 이야기를 듣고 싶은 걸까.

사람들은 우리와 나란히 서 있다가 한꺼번에 갑자기 몇 계단 위로 뛰어올라간 뒤 우두커니 우리를 내려다보고, 또 갑자기 우르르 몇 계단 아래로 내려선 다음 멍하니 우리를 올려다본다. 그 바람에 우리가 서 있는 자리는 그들보다 아래였다가 위였다가 오르락내리락한다. 이러나저러나 우리와 나란히 서 있는 건 해본 적도 없고, 하고 싶지도 않고, 할 줄도 모르는 사람들 같다.

생각해보면 우리 사회는 아직 참 갈 길이 멀어요. 사람들이 더 배려하고 양보할 줄은 모르고 자기 입장만 생각하잖아. 정말 외국처럼 되려면 한참 멀었어요.

옆에 앉은 여자가 껍질을 벗겨낸 귤 하나를 건네준다. 누가 누굴 배려한다는 걸까. 뭘 양보한다는 걸까. 내가 혹은 네가 무슨 배려와 양보를 바란다고 생각하는 걸까. 그 사람의 말이 조금의 의심도 없는 진심이라는 것을 나는 금방 알아차린다. 아, 이 사람은 정말 그렇게 생각하는구나. 정말 그렇게 믿는구나. 그 순간 의구심과 의아함 같은 것들로 뭉뚱그려졌던 감정이 곧장 불쾌감으로 바뀐다.

나는 여자가 건네준 귤을 테이블 위에 그대로 올려둔 다음 자리에서 일어난다.

왜 그래?

사무실 밖까지 따라나온 네가 묻는다. 나는 난간에 서서 다닥다닥 붙은 집들을 내려다보고 있다. 높은 건물이라고 해봐야 삼층짜리, 사층짜리 다가구 건물이 전부인 동네. 높낮이가 없는 풍경이 바닥에 납작 엎드린 모양새다.

왜 그래? 이렇게까지 굴 거 없잖아. 너 지금 너무 예민해.

내가 예민한 거야?

좋은 사람들이잖아. 다 우리 걱정해서 하는 이야기인데 왜 그래?

우리 걱정을 왜 하는데?

너와 나는 그곳에 서서 나지막한 목소리로 말다툼을 벌인다. 그러는 동안에도 컨테이너 안에서 사람들이 웃고 떠드는 소리가 그치지 않고 흘러나온다.

그리고 멀리서 둔탁한 발소리가 나더니 이윽고 누군가가 옥상 위로 불쑥 모습을 드러낸다. 헬멧을 쓴 중국집 배달원이다. 그는 컨테이너 문 앞에 놓인 그릇을 확인하고는 문을 열어젖히고 큰소리를 낸다.

그릇 일층에 내놓으라고 했는데 내 말 못 들었어요?

유리와 남자친구가 컨테이너 밖으로 나온다. 잠시 실랑이가 인다. 남자는 그릇 위에 쌓인 휴지와 신문지, 포장지 같은 것들을 가리키며 이런 건 따로 분리해야 하는 게 아니냐며 따지고 든다. 그릇을 가지러 삼층까지 올라온 게 몹시 짜증스러운 모양이다.

저흰 당연히 문 앞에 내놓으면 되는 줄 알았죠. 보통 다 그러잖아요.

유리의 말이 끝나자 남자가 기가 찬다는 듯 바닥에 쌓인 그릇을 내려다보며 말한다.

이봐요. 우리 원래 여기까지 배달 안 해요. 전화 받는 사람이 뭣도 모르고 주문을 받는 바람에 여기까지 온 거라고요. 고마운 줄 알아야지. 이 동네에 여기 산꼭대기까지 배달 오는 가게가 어디 있어. 사람들이 양심이 있어야지.

남자는 쪼그리고 앉아 검은 봉지 안으로 그릇을 거의 던지다시피 한다. 그릇들이 부딪히고 남은 국물과 양념 같은 것들이 봉지 밖으로 튄다.

지금 뭐라고 하셨어요? 말씀이 너무 지나치시네요.

그리고 네가 끼어든다. 내가 말릴 틈도 없이 너는 어느새 그 사람과 마주서 있다. 사무실 안에서 사람들이 더 나온다. 사과를 해라, 마라, 옥식각신 다투는 동안 배달원은 사람들에게 둘러싸인 꼴이 된다.

아이고, 미안합니다.

결국 남자가 못 이긴 듯 그렇게 말하며 고개를 까딱한다. 남자가 움직일 때마다 한 손에 든 검은 봉지에서 플라스틱 그릇들이 부딪히는 소리가 난다. 남자는 출입문에 붙은 작은 현판을 지나치며 중얼거린다.

마을 연구소 좋아하네. 내년이면 다 철거될 동네에서 연구는 무슨 얼어죽을.

중얼거리는 말투이지만 모두가 다 들으라는 듯 목소리가 크다.

아저씨! 철거라뇨. 누가 그런 말을 해요! 그거 다 없던 일로 된 거 모르세요?

사람들의 기세를 등에 업은 유리가 그렇게 소리치자 어두운 계단 복도를 내려가는 남자의 우렁찬 목소리가 옥상까지 또렷하게 올라온다.

내년이면 다 부수고 없어질 동네에 연구할 게 뭐가 있어. 말이야 좋지. 여기도 싹 갈아엎든지 해야지. 놔둬봐야 이런 정신 나간 것들만 몰려오고 말이야.

남자가 가고 나서 나는 곧장 사무실로 들어가 가방을 챙겨 나온다. 만류하는 사람들에게는 회사에서 갑자기 급한 연락이 왔다고 둘러대고 너에겐 먼저 집에 가서 기다리겠다고 말한다. 얼빠진 얼굴로 서 있는 사람들 모두에게 정중하게 인사를 한 뒤 마침내 그곳을 빠져나온다.

나는 큰 골목을 따라 걷기 시작한다. 방향을 틀 때마다 골목은 좁아지고, 직선으로 뻗어 있는 듯 보이는 길은 이리저리 휘어지고 구부러진다. 몇 번이고 막다른 길에 다다를 때마다 마음이 조금씩 더 급해진다. 나는 갔던 길을 되짚어 나오고 처음 이곳에 올 때 보았던 우체국과 편의점 같은 것들을 찾으려고 필사적이 된다. 어두침침한 가로등 불빛을 뒤집어쓴 집들은 비슷비슷하고 어느 순간에 이르자 도저히 빠져나갈 수 없는 수렁에 갇혀버린 것 같은 두려움이 밀려온다.

그러는 동안에도 너는 끈질기게 전화를 걸어온다. 끊어졌나 싶으면 다시 전화가 걸려오고, 서너 개의 메시지가 연속으로 들어오기도 한다. 휴대폰을 열고, 전화를 받고, 메시지를 확인하고픈 충동을 간신히 억누르면서 나는 어떻게든 이 동네를 벗어나는 데에 혈안이 되어 있다.

그러니까 이 순간에는 나를 이곳까지 끌고 온 게 너라는 확신을 지울 수가 없다. 어쩌면 내가 벗어나고자 하는 건 이 낯선 동네가 아니고 바로 너라는 사람이라는 사실도. 실은 그것이 오래전부터 내가 바라온 일이라는 것도 분명하게 깨달을 수 있다.

하루가 지나고 이틀이 더 지난다. 그러는 동안에도 나는 그날에 관한 이야기는 입에 올리지 않는다. 너도 마찬가지다. 대화 속에서 문득 그날의 일들이 어른거리면 내가 혹은 네가 말을 끊거나 엉뚱한 질문을 하는 식으로 그날의 기억에서 멀찌감치 물러난다. 유리. 유리네 사무실. 그곳에서 만난 사람들. 아니, 실은 우리가 피해다니는 게 그것이 아님을 나도 알고, 너도 안다.

몇 주가 더 지난 저녁 무렵 우리는 다시 유리 커플과 마주앉아 있다.

유리가 마련한 식사 자리이고 미리 주문을 해놓았는지 창가 테이블에 앉자마자 금방 음식이 나온다.

사무실 오픈할 때도 와주고 냉장고도 사줬는데 인사를 제대로 못했잖아요. 언제 저녁 한번 사려고 생각했어요.

실내는 어둡고 음식을 나르는 사람들의 움직임도 차분하다. 나는 파스타 면을 덜어 조금씩만 맛본다. 다른 사람들이 쥔 포크와 부딪히지 않도록 몹시 주의를 기울이게 된다. 그리고 옆에 앉은 네가 멀리 있는 음식들을 한 움큼씩 내 접시에 덜어준다. 괜찮다고 하는데도 포크로 새우와 홍합, 베이컨 같은 것을 집어오고, 피클과 양상추 같은 것들을 옮겨다주며 테이블 위를 소란스럽고 지저분하게 만든다.

아, 내가 말했나? 우리, 집 합치기로 했어요.

식사를 마칠 때쯤 유리가 문득 그런 말을 꺼낸다. 각자 살던 집의 보증금을 합쳤는데도 전세를 얻기엔 턱없이 부족해서 월세를 조금 더 부담하는 방향으로 함께 살 집을 구하고 있다는 이야기가 이어진다. 유리 남자친구가 한두 마디씩 거들고 그때마다 두 사람 사이에 가벼운 신경전이 벌어진다. 이 집, 저 집, 위치를 따지고 월세를 셈하고, 새로 사야 할 것과 버려야 할 것들을 정하고, 이런 저런 비용을 마련하고 부담하는 일에 두 사람 모두 얼마간 지친 모습이다.

원래 다 그런 거야. 둘 다 마음에 쏙 들 수 있니? 서로 양보하고 그런 거지.

함께 지내다보면 예상하지 못하는 일들이 생겨나고, 그때마다 감수하고 포기해야 하는 일이 얼마나 많은지 네가 설명하기 시작한다. 도대체 나와 사는 동안 네가 포기한 건 뭘까. 뭘 얼마나 양보했다는 걸까. 그런 생각을 하면서도 나는 아무런 말도 하지 않는다.

다만 너와 함께하는 동안 내가 포기한 것들, 앞으로 감수해야 하는 것들을 가늠해보고 있다. 아니, 지금은 짐작조차 할 수 없는 그런 수많은 일을 감당해야 한다면, 뭔가를 무릅써야 한다면, 그건 너는 아닐 거라고 생각하고 있다. 오늘은, 내일은, 주말에는, 틀림없이 너와의 관계를 정리하고 말겠다고 다짐하고 있다.

그러나 유리 커플과 헤어지고 집까지 걸어오는 동안엔 다시금 너와 내일, 모레, 주말에 해야 할 일들에 대한 이야기를 나누느라 정말 하고 싶은 말은 꺼낼 수가 없다. 네가 없거나 내가 없으면 가능하지 않을 일들. 어쨌든 생활을 지속하기 위해 우리가 반복해왔던 일들. 좀처럼 바뀌거나 달라지지 않는 견고한 일상 속의 일들. 그러니까 그 순간엔 어디에나 있고, 누구나 가진, 특별할 것도, 특별하지도 않은 이런 것들이 우리를 지금껏 여기까지 끌고 왔다는 것을 깨닫게 된다.

이것이 너와 나, 우리의 밤이다.

동네
사람

너는 잠시 차를 세우고 베이커리에 들를 생각이었다고 한다.

시장 앞은 차와 사람들로 붐볐고 그래서 한동안은 주차할 곳이 마땅치 않았다고 한다. 한참 만에 자리가 났고 아슬아슬하게 후진과 전진을 반복하고 있을 때 차체에 뭔가 부딪히며 와르르 쏟아지는 소리가 났다고 한다.

폐지 줍는 할머니 알지? 왜 깡통이랑 병이랑 끌고 다니는 할머니 있잖아.

나는 알고 있다는 의미로 고개를 끄덕인다. 커다란 가방 서너 개와 함께 늘 동네 골목 어딘가에 주저앉아 있던 노인의 모습이 떠오른다. 우리가 막 이사왔을 무렵엔 비닐봉지 몇 개가 전부였다. 그러다 언젠가부터는 기다란 배낭을 메고 혼자서는 제대로 들지도 못하는 여행 가방을 자루처럼 끌고 다니는 모습을 자주 봤다.

할머니를 친 거야?

아니, 내려서 보니까 할머니가 아니고 개였어. 할머니가 데리고 다니는 개 있잖아.

너는 할머니가 데리고 다니는 개 이야기를 한다. 다리가 짧고 털이 많은 개. 언젠가 우리가 동네 치킨집에서 맥주를 마시고 있을 때 그 노인이 개를 끌고 들어왔다. 주인은 우리 테이블에 생맥주 두 잔을 소리나게 내려놓고는 재빨리 출입문 쪽으로 다가갔다. 노인은 천원짜리 한 장을 내밀며 치킨을 달라고 요구했다. 주저하거나 미안한 기색은 없었다. 주인이 거의 내쫓듯 노인을 몰아붙이고 승강이가 이어지는 동안 조그마한 몸이 공중에 뜰 정도로 맹렬히 짖던 개의 모습이 생각난다.

개가 다쳤어?

그런 건가 해서 봤는데 아니더라고. 할머니가 길가에 폐품 쌓아놨잖아. 시장 앞에. 그게 쏟아진 거였어. 개는 멀쩡해. 잘 걷더라고. 다행이지?

너는 노인을 따라 노인의 집까지 갔었다고 말한다. 베이커리 뒤편 골목 안쪽에 노인의 집이 있다고 말하는 네 목소리가 조금씩 더 커진다. 오래된 한옥이지만 마당도 있고 집안이 꽤 넓은 편이었다고 말할 땐, 몰랐지, 하는 표정으로 눈을 크게 뜬다.

집이 있어? 의외네. 근데 왜 만날 길에 나와 있대?

몰라. 그건 안 물어봤어.

너는 개의 상태를 꼼꼼하게 살피고 몇 번이고 동물병원에 가자고 권했다고 한다. 노인에게 다친 곳이 있느냐고 묻고 병원에 데려가려고 했다고도 한다. 그리고 그 모든 제안을 뿌리친 노인에게 오만원을 건넸다고 털어놓는다.

오만원은 왜?

그냥 청심환이라도 사드시라고 했어.

상의 없인 차를 쓰지 말라는 말이 목구멍까지 올라온다. 기름을 넣고, 수리를 하고, 보험비와 과태료, 세금을 내는 일까지 모든 비용을 내가 지불하는데도 너는 그것에 대해 아무 생각이 없는 것 같다. 네 명의로 된 차니까 네 마음대로 해도 된다고 여기는 것 같다. 차를 갖고 나가기만 하면 이런 문제들을 안고 돌아오는 네가 제일 먼저 사과해야 할 사람이 나라는 생각은 해본 적이 없는 것 같다. 그럼에도 나는 고개를 끄덕이고 만다. 네 이야기가 끝나자 긴장이 풀어지고 기운이 다 빠져나간 것 같다.

나는 남은 오렌지케이크 조각을 한입에 다 털어넣고 말한다.

그래. 잘했네. 놀랐겠다.

이틀 뒤 일요일 오후에 우리는 집을 나선다. 나들이 나온 사람들로 동네가 북적거린다. 인도는 좁고 울퉁불퉁해서 다들 걸음이 느리다. 우리는 앞서거니 뒤서거니 하며 사람들을 요리조리 피해 시장까지 간다. 그럼에도 이 동네로 이사오길 잘했다는 생각은 버릴 수가 없다. 오히려 동네가 점점 더 좋아진다는 생각을 하게 된다. 이런저런 가게들이 새로 문을 열고, 멀리서 사람들이 찾아오고, 주말이나 휴일엔 이렇게 낯선 사람들 속에 섞여 동네를 어슬렁거릴 수 있다는 게 마음에 든다. 서로를 모르는 인파 속에서 느끼는 어떤 편안한 기분에 대해 알게 된다.

한 주가 지나고 수요일 저녁에 건물 반상회 모임이 있다. 누가 가느냐 하는 문제로 우리는 잠시 실랑이를 벌인다. 결국 아홉시가 되기 전에 내가 아랫집으로 내려간다. 201호 여자가 문을 열고 나를 맞는다. 달큼한 양념 냄새, 코가 매운 향냄새 같은 것들이 달려든다.

301호 맞죠? 두 분이 같이 올 줄 알았더니 혼자 오셨네.

여자의 말이 나를 놀라게 한다. 우리는 지난겨울 새로 이사왔고 여자는 내게 처음 보는 사람이나 마찬가지다.

왜 맨날 두 분이서 사이좋게 다니잖아요. 가족이에요? 닮은 거 같아.

내가 모르는 어떤 순간 여자가 나를 혹은 우리를 보고 있었을지도 모른다는 생각이 곧바로 뒤따라온다. 나는 간단히 고개를 까딱하고 만다. 좁고 긴 현관을 지나자 삼인용 소파가 놓인 거실이 나온다. 먼저 온 두 사람이 알은체를 한다. 언젠가 한 번쯤은 마주쳤을 텐데도 다들 본 적이 없는 사람들 같다.

아홉시를 조금 넘기고 회의가 시작된다. 일층 한 가구, 사층 한 가구를 제외한 여섯 가구가 마주앉아 논의하는 것은 주차장과 옥상에 쌓아둔 개인 물품들을 처리하는 문제다. 이 주 동안 각자 물건을 되가져가고 그후에도 남는 물건들은 일괄 폐기하는 것에 모두 합의한 후에도 사람들은 자리를 뜨지 않는다. 자꾸만 다른 문제들이, 사안들이 따라나온다. 재활용 쓰레기를 잘 분리해야 한다는 이야기는 옥상 방수 공사에 대한 이야기로 이어지고, 누군가가 우편함과 건물 외벽에 광고 스티커가 너무 많이 붙어 있다고 말하면 이는 청소업체에 대한 불만으로 옮겨간다. 시간이 조금 더 지나자 관리비를 더 내서라도 청소업체를 바꾸고 건물을 깨끗하게 유지하는 게 좋지 않느냐는 제안에 사람들이 열을 올리고 있다.

301호는 어떻게 생각해요?

맞은편에 앉은 201호 여자가 묻는다. 사방으로 퍼져나가는 이야기들을 마무리하고 서둘러 이 사람들을 돌려보내고 싶은 눈치다. 나는 고민해보겠다고 말한다. 그만 집으로 돌아가고 싶긴 나도 마찬가지다.

참, 그때 할머니 사고 난 거 그건 잘 해결했어요?

현관 앞에서 201호가 다시금 놀라운 말을 건넨다. 그럴 이유가 없는데도 얼른 대답이 나오지 않는다.

할머니 발가락이 부러졌다고 그러던데 아니에요? 강아지 발이 부러졌댔나. 아무튼 잘 해결됐나 해서 물어봤어요.

여자는 요 앞 철물점에서 들었다고 했다가, 미용실에서 들었다고 하고, 목욕탕에서 들었나, 하면서 고개를 갸웃한다. 나는 복도에 서서 여자와 조금 더 이야기를 나눈다. 주로 내가 상황을 설명하고 여자가 그렇구나 하는 표정으로 고개를 끄덕이는 식이다. 그럴 필요가 없다고 생각하면서도 자꾸만 말이 길어진다. 센서등이 꺼질 때마다 한 팔을 휘휘 내두르면서 나는 계속 말을 보탠다. 결국 여자가 내 말을 끊고 말한다. 어쨌든 옥상과 주차장에 내놓은 물건들을 가능한 한 빨리 치워달라는 부탁이다.

이틀이 더 지난 뒤에야 201호 여자가 왜 그 이야기를 꺼냈는지 알게 된다. 퇴근 후 나는 곧장 네가 알려준 베이커리로 간다. 가게 안으로 들어서자 카운터 앞에 서서 주인과 이야기하는 네 뒷모습이 보인다. 카운터 쪽으로 상체를 잔뜩 기울인 뒷모습에서 조바심과 초조함 같은 것들이 느껴진다.

그때 보셨잖아요. 할머니랑 저랑 여기 앞에 서 있다가 할머니 댁으로 걸어가는 거요.

저녁 시간이라 가게 안이 붐빈다. 손님들이 트레이에 빵을 담아올 때마다 너는 한두 걸음 물러나서 남자의 대답을 기다린다. 남자는 빠른 손놀림으로 빵을 포장하며 굼뜨게 대답한다.

뭔 일인가 싶어서 나가보기야 했지. 내가 뭐 그걸 보고 말고 할게 어딨어요.

남자의 말이 끝나자마자 네가 다시 묻는다.

아니, 그때 할머니 잘 걷는 거 보셨잖아요. 개도 멀쩡했는데요.

매대를 빙빙 돌며 빵을 고르던 사람들이 이쪽을 힐끔거린다. 그럼에도 네 목소리는 점점 더 커진다. 멀리 있어도 어떤 상황인지, 무슨 말을 하는지 다 알아들을 수 있을 정도다. 남자의 얼굴에 성가신 기색이 역력해진다. 주방 쪽에서 믹서 소리가 딱 그치고 위생모를 쓴 여자가 걸어나온다. 소란스럽던 가게 안이 일순 고요해진다.

우리는 잘 몰라요. 그 할머니한테 가서 물어보세요. 당사자들끼리 해결해야지 왜 여기 와서 그래요.

너는 기다렸다는 듯 왜 제대로 알지도 못하는 일을 아무한테나 말하고 다니느냐고 따져 묻는다. 아무한테나. 201호 여자를 염두에 둔 것 같다. 남자는 과일케이크를 상자에 넣다 말고 고개를 들어 네 얼굴을 빤히 본다.

아무한테나라니. 내가 이 동네서 몇 년 살았는지 알아요? 이십 년이야, 이십 년. 모르는 사람이 누가 있어. 동네 사람 다 알지. 그리고 사고를 냈으면 사람이 다쳤는지 확인을 해야지, 누가 그렇게 돈으로 입막음을 해요.

입막음이라뇨.

몇만원 주고 말았다면서. 그 양반이 여기 와서 그러던데? 아무리 노인네라도 그렇지. 돈 몇 푼 주고 나 몰라라 하면 되나, 젊은 사람이. 저 오거리 너머 빌라에 살지 않아요?

남자는 하루가 멀다 하고 가게를 찾아오는 노인 때문에 난처해진 건 자신이라고 하소연한다. 아픈 개 때문에 멀리 갈 수가 없다느니, 배가 고파 죽겠다느니, 유통기한이 지난 빵이라도 달라느니, 가게에 들어오면 안 나가려고 버티는 노인 때문에 곤란했던 적이 한두 번이 아니라고 목소리를 낮춘다. 결국 내가 뭔가 더 따져 물으려던 너를 끌고 나온다.

카운터 앞에 선 누군가와 대화를 나누는 남자의 목소리가 문밖까지 따라나온다. 아, 그 양반. 고시원 뒷집. 이 동네 사람인가. 큰일이네. 여자 둘이. 저 너머 빌라에. 외지인들이 몰려와서. 그런 말들이 문밖까지 따라나온다.

너와 나에 관한 말들이 사람들의 입을 타고 동네를 맴돌 거라는 생각. 모르는 사람들이 멀리서도 우리를 단번에 알아볼 거라는 생각. 기분 나쁜 추측과 짐작들이 너와 내 주변을 기웃거리고 고요한 일상을 넘겨다보다 결국엔 이 동네에서 우리를 옴짝달싹 못하게 만들 거라는 생각이 든다.

정말 이상한 인간이네. 제대로 알지도 못하면서 헛소리나 하고.

너는 금방이라도 다시 가게 안으로 들어갈 것처럼 안쪽을 노려본다. 마을버스를 기다리던 사람들이 우리 쪽을 힐끔거린다. 무심하고 무표정한 얼굴. 그럼에도 우리의 차림새와 행동거지 따위를 찬찬히 뜯어보는 게 다 느껴진다. 밝게 염색한 너의 머리칼, 민소매 셔츠, 맨발이 다 드러나는 슬리퍼 따위에 언짢은 시선들이 머문다. 동네 어딘가에서 언젠가 한 번은 만난 적이 있는 사람들 같다. 아니, 우리만 모르고 저 사람들은 다 아는 것 같다.

할머니 집이 이 뒤편이랬지?

나는 너를 끌고 서둘러 자리를 뜬다. 노인의 집엔 아무도 없다. 그 개도 보이지 않는다. 상자 더미, 플라스틱 양념통과 빈병, 망가진 의자와 녹슨 자전거가 마당 한쪽을 차지하고 있다. 노을 속에서 가늘고 긴 거미줄들이 반짝거린다. 나는 까치발을 하고 대문 너머를 들여다보며 계속 목소리를 높인다.

저기요, 저기, 계세요?

곁에 선 너는 답답하다는 듯 대문을 쾅쾅 두드리고 집 앞에 쌓인 폐품 더미를 뒤지기 시작한다. 잠시 뒤에 보니 담벼락 앞에 쪼그리고 앉아 담배를 피우고 있다. 골목을 지나던 사람들이 그런 너를 못마땅하게 흘끔거린다. 지나쳤다가 몇 번이고 뒤돌아보는 사람도 있다.

담배 꺼. 담배 끄라고.

왜 그래, 너까지 자꾸.

너는 투덜거리며 담배꽁초를 바닥에 비벼 끈다. 담뱃재가 새어나온 자국이 노랗다. 허기가 진다. 목구멍이 간질간질하다. 감기가 올 것 같다. 이런 예감은 거의 틀린 적이 없다. 손등을 이마에 갖다대자 미열이 느껴진다. 그럼에도 나는 조금 더, 조금만 더 기다려보자고 고집을 부린다.

어디 다친 데가 없으니까 집을 비운 거겠지. 아프면 못 움직일 거 아냐.

그런 말을 하는 너는 아무 걱정이 없는 사람 같다. 별일 아니라고 생각하는 것 같다. 이런 일들이 불필요한 오해를 불러오고 그것이 건잡을 수 없이 커지고 결국엔 우리를 자꾸만 더 멀고 낯선 동네로 밀어넣는다는 생각은 못하는 것 같다.

나도 자세한 건 몰라요. 아무튼 집주인이 이제 신분이 좀 확실한 사람들한테 세를 놓고 싶어한다네. 그게 안심이 된대요.

지난해 살던 집의 계약 기간이 끝날 무렵 부동산 여자는 그렇게 말했다. 신분이 확실한 사람들이라니. 부동산 여자는 왜 신혼부부나 애 키우는 가족들 있잖아요, 라고 덧붙였다. 너는 가만있지 않았다. 도대체 그게 계약을 연장하고 마는 데 무슨 상관이냐며 따지고 대드는 걸 마다하지 않았다. 그런 너의 충동적인 언행이 그 사람에게 또 얼마간 확신을 준 게 분명했다.

이상한 사람들. 정체를 알 수 없는 사람들. 직장이 없는 사람들. 가족이 아닌 사람들. 밤에도 낮에도 할일 없이 동네를 어슬렁거리는 사람들. 서로의 신분을 보증해줄 수 있는 것이 너와 나뿐인 사람들.

그러니까 이곳에서는 더이상 그렇게 보이고 싶지 않다. 여기서는 사람들의 눈에 띄지 않고 있는 듯 없는 듯 지내고 싶다. 계약이 종료되면 기간을 연장하고 또 연장하면서 몇 년간은 편하게 머물고 싶다. 하지만 그렇게 사는 데에 얼마나 섬세한 노력이 필요한지, 너는 여전히 모르는 게 틀림없다.

난 더 못 기다리겠어. 갈래.

너는 힘껏 기지개를 켜고 골목을 빠져나가버린다. 나는 뒤쫓아가며 한 블록 아래 새마을금고 이야기를 한다. 그 할머니가 자주 시간을 보내는 곳이다. 나는 할머니와 직접 이야기하는 게 좋지 않겠냐고 물으며 할머니를 찾아보자고 너를 달랜다.

자동입출금기 세 대가 있는 새마을금고 안은 환하게 불이 켜져 있다. 우리는 문을 열고 들어가서 밖이 내다보이는 문 앞에 나란히 선다. 뙤약볕이 쏟아지던 여름날. 이곳에서 가방을 베개 삼아 누워 자던 노인의 모습이 떠오른다. 이곳에 쪼그리고 앉아 찢어진 가방 귀퉁이를 꿰매던 노인의 모습도 생각난다. 지나가는 사람들을 못마땅한 눈초리로 노려보고, 또 언제 그랬느냐는 듯 멀쩡한 얼굴로 인사를 건네던 모습도 떠오른다. 현금지급기를 이용하러 온 사람들이 자꾸만 우리를 힐끔거린다.

우리는 그곳에서 한 시간 남짓 머무른 뒤에야 집으로 돌아가기로 한다.

그날 할머니랑 개랑 잘 살펴봤다고 하지 않았어?

액세서리 가게 앞을 지날 때 내가 묻는다. 목구멍이 따끔거린다.

응. 할머니도 개도 멀쩡했어.

너는 과일과 채소를 실은 트럭을 피해 길 끝으로 물러나며 대답한다.

그때 베이커리 사장이 나와서 봤어? 다른 사람들은 없었고?

트럭 확성기에서 나오는 소음이 멀어지길 기다렸다가 내가 묻고 네가 답한다. 네가 묻고 내가 답할 때도 있다. 우리는 나란하게 걷다가 어긋나고 비껴나면서 계속 걷는 중이다. 마을버스 한 대가 지나가고 배달 오토바이 몇 대가 지나간다. 그러는 동안에도 대화는 차분하게 우리를 따라온다.

근데 왜 자꾸 다쳤대? 그날 분명히 확인한 거 맞아?

다친 게 아니라니까. 다쳤으면 내가 그냥 왔겠어? 왜 그래? 내가 거짓말이라도 했다는 거야, 뭐야.

편의점 앞에 이르렀을 때 네 목소리에 짜증이 실린다. 나도 참을 수 없는 기분이 된다.

다쳤으면 어떻게 할 건데? 정말 다리라도 부러졌으면 어떻게 할 거냐고!

그러지 말아야 한다고 생각하면서도 너를 자꾸만 몰아세우게 된다. 어떤 실수가 있었던 건 아닌지, 뭔가 놓친 건 아닌지, 부주의하고 허술한 너에 대한 의심이 끈질기게 되살아난다. 나는 오래전, 더 오래전 일들을 들먹이며 너를 다그친다. 이게 다 너 때문이다. 너에 대한 불신 때문이다. 네가 이렇게 불신을 키운 탓이다. 네 목소리가 커지고 내 목소리도 커진다. 대화가 이리저리 튄다. 너도, 나도 단어를 고르고 문장을 다듬지 않는다. 급기야 편의점 알바생이 무슨 일인가 하고 문을 열고 내다볼 정도다.

이봐요. 왜들 그래요? 아, 왜 길에서 난리야.

건너편에서 부동산 주인이 문을 열고 나온다. 안경을 여러 번 고쳐 쓰는 모습이 마뜩잖은 기색이다. 문을 활짝 열어놓고 있던 세탁소 주인도 나온다. 골목을 지나가던 몇 사람은 아예 걸음을 멈추고 우리를 구경중이다. 이층 카페 테라스 너머로 고개를 내미는 사람들도 있다. 어디에나 눈들이 있고 고개를 돌리면 나를, 너를 빤히 바라보는 눈들을 볼 수 있다. 우리는 그런 식으로 주목을 끌면서 온 동네가 우리를 멋대로 마음대로 오해하도록 내버려둔다.

다음날도 그다음날도 노인은 보이지 않는다. 무심히 오갈 때엔 언제 어디서나 쉽게 눈에 띄던 노인을 찾으려고 밤마다 우리는 동네를 돌고 또 돈다. 가게들이 문을 닫고, 관광객이 모두 빠져나간 밤의 동네는 낮과는 전혀 다른 모습이다. 문을 열어놓은 채 가게를 마감하는 상인들의 얼굴엔 친절과 호의 같은 것은 다 사라지고 없다. 밖을 내다보는 그들의 눈초리에는 의혹과 의심, 피로와 고단함 따위가 뒤섞여 있을 뿐이다. 그럴 땐 한낮에 한가하게 동네를 거닐며 느끼던 편안한 기분은 사라지고 만다.

이건 동네의 문제가 아니고 네 문제일지도 모르지. 네 문제가 아니라 내 문제일지도 모르지. 우리가 함께 있기 때문인지도 모르지. 우리는 어둑어둑한 길가 쪽에 붙어서고, 차들이 지나는 환한 대로 대신 좁은 골목길로 걷는다.

그리고 이틀이 지나서야 노인과 마주하게 된다.

누군가가 차 앞유리에 메모를 붙여둔 덕분이다. 금요일 밤 재활용쓰레기를 내놓고 온 너는 망가진 사이드미러를 살피다가 그 쪽지를 봤다고 말한다.

미친놈들 아니야? 왜 남의 사이드미러를 부수고 난리야. 설마 할머니가 이런 건 아니겠지? 누구한테 시켰나? 할머니 자식들인가?

네 말대로 왼쪽 사이드미러는 완전히 망가져 있다. 전선들이 튀어나와 있고 거기에 사이드미러가 간신히 매달려 있다. 거울에 허옇게 발자국이 남아 있다. 어떻게든 사이드미러를 다시 고정시키려고 해보지만 더는 못 쓸 것 같다.

노란색 포스트잇엔 접촉 사고 건으로 연락드린다는 메시지와 연락처가 남겨져 있다. 오전 열한시 전에 연락 달라는 글자는 아주 작아서 나중에 급하게 적어넣은 것 같다. 반듯하게 쓰인 글씨는 정중하고 예의바른 것 같지만 묘하게 주눅들게 하는 데가 있다. 이게 우리 차라는 걸 어떻게 안 걸까. 차가 여기 있다는 걸 누가 알려준 걸까. 우리가 사는 집을 언제 다녀간 걸까.

이튿날 오전에 내가 전화를 건다. 너는 곁에 앉아 물끄러미 그 포스트잇을 내려다보고 있다. 베란다 창을 등지고 앉은 너의 그림자가 내 쪽으로 쏟아진다. 신호가 가고 전화를 받은 건 앳된 여자 목소리다. 앳되지만 정확하고 빈틈없는 목소리다.

근데 할머니랑은 관계가 어떻게 되시죠?

내가 묻자 여자는 만나서 이야기하자고 말한다. 나는 어떻게든 상황을 잘 설명해보려고 한다. 이건 우리 잘못이 아니고, 할머니가 혹은 당신이 뭔가 잘못 알고 있다는 이야기를 하려고 한다. 개 짖는 소리가 나고 수화기 너머로 여자가 개를 달래는 소리가 들린다. 멀리서 웅얼거리는 말소리가 들렸다가 말다가 한다. 분명 그 노인일 거란 생각이 든다. 그럼에도 여자는 노인과 통화하고 싶다는 내 말을 못 들은 척한다. 개가 다친 것 같다느니, 사고 이후로 할머니가 다리를 절뚝인다느니, 자신이 하고 싶은 말만 반복할 뿐이다.

그날 사고 난 뒤에 다 잘 확인한 거 맞아?

통화가 끝나자마자 다시금 그런 말이 튀어나온다. 도대체 일이 왜 이렇게까지 되었을까. 왜 일을 이렇게 번거롭게 만드는 걸까. 너는 스마트폰을 만지작거리다가 나와 눈을 맞춘다. 그럼에도 한동안은 가만히 입을 다물고 있다.

가서 사과하자.

내가 말한다. 사이드미러 이야긴 꺼내지 말고 어쨌든 오늘은 이 일을 확실하게 해결하자고 말한다. 어쨌거나 얼굴을 보고 이야기하면 되겠지, 지금이라도 어딘가 불편하다고 하면 병원에 모시고 가면 되겠지, 생각하려고 애쓴다. 노트북 앞에 앉은 너는 인터넷 검색창에다 접촉 사고, 동물병원, 보험, 허위 따위의 단어를 번갈아 넣고 메모를 하느라 분주하다. 내 말엔 대꾸조차 없다.

오후 두시가 되기 전에 우리는 집을 나선다. 건물을 나서고 시장으로 내려가는 길에 네가 말한다.

내가 말했나? 어제 헬스장에서 미용실 아줌마 만났거든. 저 아래 목욕탕 앞에 있는 미용실 있잖아.

토요일이어서 동네가 북적인다. 도대체 어디서 이 많은 사람이 몰려왔을까 싶을 정도로. 가게들은 문을 활짝 열어놓고 손님을 맞이하는 중이다. 누가 봐도 너와 나는 나들이 나온 사람이 아닌 것 같다. 그럼 우리는 주민인가. 그것도 아닌 것 같다. 우리는 잠시 이 동네에 머무르는 사람들이고, 그러므로 이도 저도 아니라는 생각이 든다.

로션 바를 때 보니까 사람들이 그 할머니 이야길 하고 있는 거야. 그래서 내가 그런 게 아니라고 가서 말했거든.

뭐라고 말했는데?

뭘 뭐라고 해. 있는 그대로 말했지. 아니라고.

나는 사람들을 피해 걸음을 빨리한다. 아니, 네 이야기에서 멀찌감치 물러서려는 것인지도 모른다. 너는 내가 어떤 말들을 간신히 참고 있다는 걸 짐작하지 못하는 것 같다. 그런 식으로 사람들에게 불필요한 말을 하고 다니면서도 그게 부메랑이 되어 돌아올 거라는 생각은 해본 적이 없는 것 같다.

저희는 주민자치회 봉사단인데요.

노인의 집 대문이 반쯤 열려 있고 우리를 맞은 건 젊은 남자 둘이다. 대문을 열고 들어가자 개 옆에 쪼그리고 앉은 여자가 몸을 일으킨다. 오전에 나와 통화했던 그 사람 같다. 이를 드러내며 사납게 짖던 개는 너와 내가 자리를 잡고 앉자 다시금 몸을 웅크리고 얌전해진다.

할머니, 저 기억하시죠? 그날 요 앞 빵집 앞에서 제가 여기 집까지 모시고 왔잖아요.

현관 마루에 걸터앉은 노인이 고개를 들고 너를 본다. 아니, 나를 보는 것 같다. 다시 보니 내 옆에 서 있는 사람들과 눈짓을 주고받는 것 같다. 네가 말하면 노인은 말이 없고 대답을 하는 건 그 봉사단원들이다.

저희가 동네 어르신 분들 돌봐드리는 봉사를 하거든요. 저희가 8기니까. 십 년 다 되어가요. 아무튼 지난주인가. 개가 제대로 못 걷는다고 하셔서 왔더니 상태가 심각하더라고요. 할머니도 좀 다치신 것 같고요. 보실래요?

주로 말하는 사람은 봉사단원 여자다. 스물 두셋쯤 된. 대학생 같다. 열린 미닫이문 너머로 집 내부가 들여다보인다. 쿰쿰한 나무 냄새와 고철 냄새 같은 것들이 느껴진다. 여자는 할머니 앞에 쪼그리고 앉아 헐렁한 바지 끝을 잡아올린다. 맨살이 드러나고 정강이 부분에 푸릇푸릇한 멍자국이 보인다. 색깔은 옅고 부위는 좁아서 큰 상처처럼 보이지는 않는다.

할머니, 이게 그날 다치신 거라고요? 이건 차에 부딪힌 게 아니에요. 그날 폐품 뒤에 서 계셨잖아요. 뒷범퍼가 이만큼 올라오는데 그럼 허리나 등을 다쳐야 하는 게 맞죠. 제가 못 봤을 리도 없고요. 어디 다른 데서 다치신 거 아니에요?

네가 쏘아붙인다.

노인은 얼굴을 찌푸리며 정강이 부분을 만지작거린다. 그러면서 그날 이후로 몸이 쑤시고 아파서 어딜 나다닐 수가 없게 되었다고 투덜대기 시작한다. 네가 무슨 말을 하든 오로지 그 말만 하기로 작정한 사람 같다. 너는 황당하다는 얼굴로 노인의 이야기를 듣고만 있다. 이런 상황이 벌어질 거라곤 전혀 예상하지 못한 얼굴이다.

나야 다 늙어서 지금이라도 딸깍 죽으면 그만이지. 근데 우리 개는 어쩔 거야. 그날부터 밥도 안 먹고 종일 저기 퍼져 있어. 그전엔 사람 소리만 나도 나가려고 이리 뛰고 저리 뛰고 난리였는데.

그 말이 끝나자마자 너는 엎드린 개 곁으로 간다. 원래 하얀색이었을 개의 털은 거의 잿빛에 가깝다. 그럼에도 너는 맨손으로 개를 쓰다듬으며 여기저기를 살피기 시작한다. 앞다리를 쥐어보고 머리를 감싸쥐고 배 아래 손을 넣어 이리저리 만져보기도 한다. 개는 끙끙거리지만 잠자코 있다. 혀를 내밀어 네 손바닥을 핥기도 한다. 네 말대로 개는 멀쩡한 것 같다. 거짓말을 하는 건 네가 아니고 노인이 틀림없다는 생각이 든다.

아무리 짐승이라고 해도 그렇게 막 대하면 어떡해. 이봐, 손대지 마. 손대지 말라고!

노인의 말이 끝나자마자 여자가 다가와 개를 빼앗듯 가져가버린다.

그렇게 막 만지시면 어떡해요.

대문 너머로 사람들의 말소리가 들린다. 여기 서라, 저기 서라 하면서 사진을 찍고 웃음을 터뜨리는 목소리가 좁은 골목을 이리저리 오간다. 그 소리를 이기려고 너는 자꾸만 목소리를 키운다. 그날 집까지 따라와서 같이 확인하지 않았느냐는 이야기. 그날은 괜찮다고 하지 않았느냐는 이야기. 대문 앞 폐품 상자 위에 걸터앉아 있던 남자가 무슨 말인가를 하려고 하자 너는 기다렸다는 듯 몸을 돌리고 그 사람을 똑바로 본다.

근데 이 쪽지는 누가 붙인 거예요? 쪽지만 붙이면 되지 사이드미러는 왜 부수고 가요?

남자의 얼굴에 엷은 웃음기가 떠올랐다가 가신다. 아니, 그건 내 착각인지도 모른다. 너는 남자 둘과 여자, 할머니를 번갈아 보며 사이드미러 부수는 건 범죄라고 말한다. 블랙박스 돌려보면 다 나온다고, 고소할 거라고 말하는 네 얼굴이 흥분으로 달아오른다.

결국 내가 나선다.

어르신, 그럼 지금이라도 병원에 가보실래요?

대답은 할머니 곁에 있는 여자가 한다.

일단 사과부터 하세요. 저희가 그거 부수는 거 봤어요? 그렇게 막말을 하시면 안 되죠. 그리고 사고도 벌써 일주일이나 지났잖아요. 병원도 그날 바로 갔어야 했고요. 일주일 동안 일도 못하시고 식사도 제대로 못하셨다는데 어쩌실 거예요?

너의 얼굴에서 표정이라 할 만한 게 사라져버린다. 나와 눈이 마주치자 허탈한 듯 웃음을 짓는다. 그럼에도 얼른 할말이 떠오르지 않는 것 같다.

사과라뇨. 지금 사과 이야기가 왜 나오는지 모르겠네요. 저를 무슨 사고 내놓고 도망간 사람 취급하는데 저 그런 사람 아니고요. 그런 경우 없는 짓은 해본 적도 없어요.

동네 분들은 그렇게 생각 안 하시는 것 같던데요?

네 말이 끝나자마자 노인 곁에 앉은 여자가 되받아친다. 저쪽에 선 남자 둘이 저희들끼리 무슨 말인가를 주고받으며 낄낄거린다.

그 순간 우리가 알 필요도 없고, 들을 필요도 없는 어떤 말들을 여자가 금방이라도 해버릴 것 같다. 나는 힘껏 네 팔을 잡았다가 놓은 다음 할머니와 직접 이야기하겠다고 말한다. 어쨌든 그날은 아무 문제가 없었으니 그런 줄 알았다고 말하고 죄송하다고 고개를 숙인다.

죄송합니다.

그리고 내 말을 자르고 네가 끼어든다.

아, 정말 너 왜 그래. 뭘 죄송이야. 할머니, 저희 여기 몇 번이나

온 줄 아세요? 그때마다 안 계시던데 집에만 계신 거 맞아요? 집에 안 계셨잖아요.

좁은 골목에 위치한 한옥들은 낮은 담으로 간신히 구분되어 있고 네 목소리는 번번이 가볍게 담을 뛰어넘는다. 옆집 담벼락에서 누군가가 얼굴을 반쯤 내밀었다가 신발을 끌고 주변을 어슬렁거리는 소리가 들리기도 한다. 나는 더이상 노인에게서 어떤 말이 나올 만한 여지를 주고 싶지 않다. 노인의 입에서 무슨 말이 어떻게 나왔는지 전해듣는 일도 피하고 싶다.

네가 기다렸다는 듯 바로 그 말들을 쏟아낸다. 왜 사실이 아닌 말들을 여기저기 하고 다니느냐는 힐난이다. 노인은 기가 막힌다는 얼굴로 너를 바라보다가 혀를 찬다. 족보도 없는 저런 상것들이 들어와 동네를 다 버려놓는다느니, 오래 살고 보니 별 더러운 꼴을 다 본다느니, 그러면서도 너와는 눈을 마주치지 않고 잠깐씩 나를 봤다가 말다가 한다.

보통 이런 경우엔 다들 연락처를 남기지 않아요? 연락처도 없이, 이거 뺑소니예요. 할머니 연락처 못 받으셨죠? 그죠?

노인 곁에 선 여자가 다시 끼어든다.

뺑소니라뇨. 말조심해요.

열어놓은 대문 틈으로 옅은 색 선글라스를 쓴 누군가가 얼굴을 불쑥 내민다. 눈이 마주쳤나 싶었는데 얼굴은 곧장 사라지고 대문 너머가 고요해진다. 그럼에도 대문 밖에 누군가가 서 있다는 기척만은 분명하다. 누굴까. 낯선 동네 구석구석을 헤집고 다니는 유별난 관광객인지도 모르지. 아니, 후미진 골목까지 들어온 걸 보면 근처에 사는 주민일지도 모르지. 분위기는 점점 더 험악해진다. 네가 한 마디를 하면 여자가 두 마디를 하고 남자 둘이 가세한다. 개까지 덩달아 짖어대기 시작한다. 조그마한 집이 터져나갈 것처럼 시끄러워진다.

나도 점점 참을 수 없는 기분이 된다. 이따위 막무가내로 억지를 쓰는 노인과 잘잘못을 분명하게 가려보고 싶다. 따지고 대들고 싸우면서 사실을 밝히고 싶다. 심장 박동 소리가 거세진다.

사과하자.

그리고 한참 만에 내가 말한다. 네 곁으로 가서 만류하듯 네 팔을 잡고서 소곤거린다.

그냥 죄송하다고 해.

그러니까 그 말을 할 때 나는 이 사람들이 우리가 사는 집까지 왔었다는 생각을 하고, 차 앞유리에 메모를 붙이면서 차 안을 들여다봤을 거란 생각을 한다. 도대체 우리가 사는 집을 어떻게 안 걸까. 어디서 누구에게 들은 걸까. 생각은 베이커리를 지나 철물점, 미용실을 거쳐 헬스장과 부동산을 돌아 새마을금고 주변까지 간다. 너와 내가 매일 오가는 그 길을 따라 우리가 모르는 어떤 말들이, 추측들이, 오해들이 따라온다. 고작 사과를 하고 말고 하는 문제로 여러 사람의 입에 오르내리며 불필요한 관심을 끌고 싶지 않다. 사람들의 호기심이 너와 내 일상 근처를 어슬렁거리고 기웃거리게 만들고 싶지 않다.

잘못한 게 없는데 왜 사과를 해? 왜 그래, 너까지!

너는 내 손을 뿌리치고 거의 소리를 지르다시피 한다.

빨리 미안하다고 해. 어려운 일도 아니잖아.

나는 이쯤에서 문제를 해결하고 싶다. 사과하고 잊어버리고 싶다. 그만 집으로 돌아가서 아무 일도 없었던 것처럼 평온하고 조용하게 주말을 보내고 싶다.

할머니 이거 나쁜 거예요. 사실대로 말씀하셔야지 왜 거짓말을 하세요. 여기 이 학생들이 뭘 모르고 하는 소리인 거 같은데 자꾸 이러시면 저도 가만 못 있어요.

결국 내가 너를 막아선다. 할머니에게 다가가려는 너를 제지한 다음 어떻게든 설득하려고 한다. 사실이든 아니든 그게 뭐가 중요해. 그냥 한마디만 해. 너의 얼굴이 일그러진다. 사과하면 돼. 그게 편하잖아. 죄송하다고 말하고 빨리 가자. 너는 노인과 노인 곁에 선 학생들을 노려본다. 그러니까 그 순간에는 사람들이 너와 나에 대해, 우리에 대해, 우리가 모르는 말들을 주고받으면서 불필요한 오해를 키우고 반드시 그게 어떤 부당한 일로 돌아올 거라는 불안을 떨칠 수가 없다.

그냥 사과해. 미안하다고 하라고.

너나 해. 너나 사과하라고!

너는 내 손을 뿌리친 다음 소리나게 대문을 열고 나가버린다. 나는 잠시 그곳에 서서 노인과 몇 마디를 더 나눈다. 연락처를 알려주고, 학생들이 말해주는 노인의 계좌번호를 받아 적고, 죄송하다는 말을 하고, 오늘 저녁 틀림없이 돈을 보내겠다는 약속을 한다. 그러지 않을 거라는 걸 알면서도 꼭 병원에 가셔서 검사를 받고, 강아지도 치료하라는 당부도 한다. 그날은 아마 네가 당황하고 놀라서 그랬을 거라는 말을 덧붙일 때 보니 노인의 표정이 한결 누그러져 있다.

그리고 집을 나설 때 내가 묻는다.

근데 차에 붙여둔 메모 말인데요. 저희 집을 어떻게 아신 거예요?

그걸 왜 몰라.

내가 무슨 말인가 하는 표정으로 돌아보자 노인이 중얼거린다.

다 알지, 다 알아. 다 안다고.

나는 버스 정류장이 있는 큰 도로를 따라 걷다가 첫번째 골목 안으로 들어선다. 어디나 사람들로 붐빈다. 고개를 돌리면 환한 통유리 너머로 사람들이 뭔가를 먹고 마시며 웃고 떠드는 모습을 볼 수 있다. 손을 잡고 팔짱을 끼고 느리게 걷는 사람들의 나지막한 말소리가 끊임없이 동네를 돌고 또 돈다.

나들이를 나온 사람들. 잠시 머물다 가는 사람들. 내가 모르는 사람들.

그들 속에 섞여 있을 때 느꼈던 편안한 기분은 이제 모두 사라지고 없다. 길가에 멈춰 서서 숨을 골라본다. 숨을 크게 들이켜고 내쉬어도 화끈거리는 열기가 가시지 않는다. 목덜미를 타고 뜨거운 기운이 치솟는다. 그리고 그 순간 내가 느끼는 감정이 무엇인지 또렷해진다. 지금껏 수없이 오간 이 길에서 단 한 번도 느껴보지 못한 오싹함이다.

우리는

서른아홉 되던 해 나는 너를 다시 만났다.

연락이 끊어진 지 오 년 만이었고 먼저 안부를 전한 건 너였다. 만나야 할지, 말아야 할지 판단이 서지 않았음에도 나는 너를 만났다. 어색하고 낯설고 몹시 불편할 거라고 생각했지만 모든 건 예상을 빗나갔다. 서로를 향해 곤두서 있던 감정들이 떠내려간 자리엔 길고 긴 시간 쌓아왔던 익숙함과 편안함 같은 것들만이 머물러 있었다.

그해 너는 입시학원이 즐비한 골목에 조그마한 식당을 열었다.

삼층 건물의 일층. 이층과 삼층엔 각각 한 가구씩 살림집이 있는 상가 주택이었다. 너는 준이와 함께 가게를 얻고 꾸려갈 계획이라고 말했다. 준이는 네가 오래 알고 지낸 동생이었고 나도 몇 차례 함께 만난 적이 있었다. 여러모로 네가 부담해야 하는 비용과 감수해야 할 몫이 훨씬 큰 듯했지만 너는 준이를 믿을 만하다고 여겼고 의지가 될 거라 생각하는 모양이었다.

이전까지 그 가게를 운영했던 사람은 보일러 설비와 집수리를 전문으로 하던 가게 내부를 다 뜯어내다시피 하고 인테리어를 새로 한 뒤 그곳에서 삼 년 동안 분식집을 운영했다고 했다. 페인트 냄새와 젖은 나무 냄새, 쇳내와 곰팡이 냄새를 완벽하게 제거하는 데에만 몇백만원을 들였다고도 했다. 네가 보기에도 가게 내부는 여기저기 공을 들인 티가 많이 났다. 원목으로 제작한 큰 메뉴판과 천장 테두리를 따라 설치한 조명, 주방 크기에 맞춰 제작한 싱크대와 수납장들 덕분에 비좁은 실내는 아늑하고 쾌적하게 느껴졌다.

보면 알겠지만 여기 목이 좋아요. 바로 앞에 입시학원이 네 개나 있고요. 저쪽 대로변에 병원이랑 사무실도 많고요. 직장인들이 이 골목으로 점심 먹으러 많이 오죠. 시간 나시면 점심때 여기 오셔서 보세요. 제 말이 진짜인지 아닌지 직접 확인하시면 되죠.

서른 전후로 보이는 남자가 그렇게 장담했을 때 너는 이미 마음이 기울어진 상태였다. 거짓말할 사람처럼 보이지 않았다는 게 그 이유였다. 서글서글한 인상이나 말끔한 옷차림. 예의바른 태도와 공손한 말투. 무엇보다 가게 앞에 세워둔 그 사람의 소형 외제차가 더 넓은 가게로 옮겨간다는 그의 말에 신뢰를 심어주었다고 했다.

너는 다음날, 그다음날, 한 주가 더 지날 때까지도 조용히 그 일대를 살피고 다녔다.

건너편 칼국수 가게에서 이른 점심을 먹고 분식집이 바로 내다보이는 카페에서 커피 한 잔을 마신 뒤 점심시간에 맞춰 우르르 몰려오는 사람들의 무리를 좇아가다가 문득 이 근처에 밥 먹을 만한 곳이 있느냐고 말을 걸어보는 식이었다. 셋 중에 둘은 분식집이 있는 골목 안쪽을 가리키며 어쨌든 그쪽으로 걸어가면 괜찮은 식당이 꽤 있다고 말해주었다. 그 분식집을 콕 집어 가리키는 사람은 한 명도 없었지만 너는 그 정도면 되었다고 생각했다. 준이의 생각도 크게 다르지 않았던 것 같다.

보름이 더 지나고 너는 그 가게를 인수한다는 계약서에 도장을 찍었다. 가게 내부를 크게 변경하지 않고 시설과 주방 기기, 비품들을 저렴한 가격에 떠안는 조건이었다. 그날은 5월 10일, 너의 생일 전후였을 것이다. 나를 포함한 고등학교 동창 서넛이 그곳에서 간단하게 저녁을 먹기로 약속이 되어 있던 것만은 분명하게 기억난다.

계약서를 쓰는 당일엔 내가 동행했다. 함께 오기로 했던 준이에게 급한 일이 생긴 모양이었다.

괜찮을까? 괜찮겠지?

지하철역에서 내려 부동산 사무실로 걸어가며 너는 계속 그렇게 물었다. 벚나무에서 피어나기 시작한 꽃들이 이차선 도로변을 환하게 만드는 중이었다. 점심을 먹으려고 나온 직장인들이 나무 옆에 붙어서서 포즈를 잡고 사진을 찍느라 소란스러웠다.

그날 그 거리에 펼쳐진 풍경들을 나는 좋은 신호로 여겼다. 맑고 쾌청한 날씨, 부드럽고 따사로운 봄의 기운. 그런 것들이 앞으로 너에게 일어날 좋은 일들을 예고하고 있다고 믿었다. 그러니까 여기 있는 이 사람들이 다 네 가게 손님이 될 거라고. 네가 바라는 대로 삼 년 뒤, 적어도 오 년 뒤엔 더 큰 가게로 꼭 옮겨갈 수 있을 거라고 했던 내 말은 진심이었다.

5월이 지나기 전에 너는 간판을 바꿔 달고 새로 가게를 열었다.

한성김밥.

한성이라는 상호는 너희 어머니가 오래 운영했던 가게 이름에서 따온 것이었다.

너희 어머니는 공업단지가 바로 내다보이는 대로변에서 십오 년 넘게 식당을 했다. 자동차 공업사가 있고, 간판과 싱크대를 제작하는 업체가 있고, 벽지와 타일을 납품하는 가게 옆에 너희 어머니 식당이 있었다. 나란히 붙은 네 개의 가게가 공터처럼 널찍한 주차장을 공유하는 구조였다.

한성숯불갈비.

커다란 간판이 걸려 있었지만 정작 메뉴에는 숯불갈비가 없었다. 가게를 인수하고 간판을 바꿔 달지 말지 고민만 하다가 그냥 그대로 두게 된 것이었다. 너희 어머니는 청국장, 김치찌개, 된장

찌개, 백반 같은 것을 팔았다.

아침 일곱시 정도에 문을 열면 밥을 달아놓고 먹는 공업단지 인부들이 아침식사를 하러 왔다. 오전엔 주로 식사시간을 놓친 택시기사들이 들렀고 간간이 옆 가게들에서 식사를 배달 주문하기도 했다. 사람들이 줄을 서서 차례를 기다릴 정도는 아니었지만 손님이 끊이지 않는 편이었던 걸로 기억한다. 홀에는 네 사람이 앉을 수 있는 테이블이 다섯 개 정도. 조금 더 안쪽엔 신발을 벗고 들어가 앉을 수 있는 좌식 테이블이 두어 개 더 있었다.

삼촌, 와서 밥 좀 가져가!

너무 바쁜 날에는 너희 어머니가 가게 밖으로 나가 고함을 질렀고, 그러면 음식을 주문한 누군가가 뛰어나와 밥과 찌개, 반찬이 담긴 큼지막한 양은 쟁반을 직접 들고 갔다. 중학생이 되고부터는 네가 가까운 곳에 직접 배달을 다녔다. 너는 늘 사람들이 주는 대로 밥값을 받아왔고 자주 계산이 맞지 않았다. 그러면 너희 어머니가 다시 너를 그곳으로 돌려보내곤 했다. 입이 떨어지지 않아서 너는 늘 빈 그릇만 되찾아왔다고 했다. 돌아오면 호된 꾸지람을 들어야 했지만 그때는 돈을 더 달라고 말하는 게 죽기보다 싫었다고 네가 말한 적이 있었다.

착하긴 뭐가 착해. 학교에서도 맨날 어리숙하게 있지? 아무리 말해도 애가 빠릿빠릿하게 요령껏 굴 줄을 모른다. 누굴 닮아서 이렇게 숫기가 없는지.

학창시절 나는 자주 그곳에서 밥을 먹었다. 너와 둘이 밥을 먹을 때도 있었고, 친구들과 다 같이 둘러앉아 식사를 할 때도 있었다. 인사를 하고 자리를 잡으면 늘 그릇에 넘치도록 담긴 뜨거운 밥과 반찬이 나왔다. 너희 어머니는 멀찌감치 앉아 고구마 줄기나 마른 멸치를 다듬으며 네 학교생활을 묻곤 했다. 싸우지 말고 잘 지내라, 하고서는 하긴 지내다보면 안 싸울 수야 있나, 중얼거리는 식이었다. 싸우면 먼저 사과하는 사람이 이기는 거다, 지나고 나면 다 별거 아닌 일이야, 소리치고는 또 조그마한 목소리로, 하긴 그걸 다 알면 어른이지, 혼잣말을 했다.

고등학교 삼 년 동안 너는 영화학과에 진학할 거라고 했다가 건축 기술을 배워 근사한 주택을 지을 거라고 했다가 시나리오나 드라마를 쓰겠다고 말을 바꾸곤 했다. 대학을 졸업할 무렵에는 경찰관이나 승무원 같은 보다 현실적인 꿈을 꿨는데, 어떤 직업을 갖든 절대로 엄마처럼 식당을 하진 않을 거라는 다짐만은 한 번도 빼먹은 적이 없었다.

그건 엄마처럼 아등바등 살지 않겠다는 의미였고 그 시절 너를 아는 사람들은 모두 한 번쯤은 들었던 이야기였다.

엄마만큼만 하면 다행이지. 그땐 내가 뭘 알았겠니. 아무것도 모르고 철없는 소리나 할 줄 알았지.

고등학교 동창 둘과 나, 너와 준이까지 다섯이 가게에 모였던 개업 날 오후, 너는 부끄러운 듯 그렇게 고백했다. 누군가가 웃자고 꺼낸 이야기였지만 네가 그렇게 말하고 나자 한동안 침묵이 내려앉았다. 모두 말은 하지 않았지만 네가 부모의 반대를 무릅쓴 결혼을 감행하고 삼 년 만에 이혼을 한 뒤로 어머니와의 관계가 돌이킬 수 없이 나빠졌다는 사실을 새삼스레 떠올리게 된 탓이었다. 부모의 기대를 저버린 결혼인데다 이혼을 하면서 금전적 손해가 꽤 컸던 것이 이유가 된 듯했지만 너에게서 어떤 구체적인 사정을 들은 적은 없었다.

어릴 때야 다 그렇지. 언니, 이제부터 잘하면 돼!

그 침묵을 깬 건 준이였다.

준이는 우리보다 세 살쯤 아래였는데 애가 둘이나 있다고 했다. 남편이 제대로 벌이를 못하는 모양인지 수줍게 이런저런 포부를 밝히는 모습에서 가게에 거는 기대가 큰 듯 보였다. 못 보던 몇 년 사이 준이는 꽤 살집이 붙은 듯했지만 내게 언니, 언니, 하면서 살갑고 다정하게 구는 건 그대로였다. 십 년 남짓한 시간, 너와 나 사이에 있었던 사소하고 구차한 다툼들을 얼마간 짐작할 텐데도 그에 관해선 어떤 말도 입에 올리지 않았다.

앞치마가 어색한 듯 자꾸 고쳐 매는 네 모습에서 어떤 긴장감과 어색함 같은 것이 배어나왔다. 신경을 쓴 탓인지 겨우 일이 주 사이에 부쩍 야윈 느낌이었다. 젖살이 볼록하던 입가는 조금씩 주름이 잡혔고 광대 아래로 거뭇거뭇하게 기미가 번지고 있었다.

어머, 여기 주인 바뀌었어요?

지나가던 사람들이 고개를 내밀고 가게 안을 기웃거리면 너는 상자에서 아직 온기가 남은 떡 한 봉지와 전단지 한 장씩을 꺼내주었다. 교복을 입은 한 무리의 학생들을 불러 세운 뒤 가게 밖으로 나가 떡 봉지 서너 개를 쥐여줄 때도 있었다. 그런 순간엔 어쩔 수 없이 네 어머니의 모습을 떠올릴 수밖에 없었다. 오래전 네 어머니가 내게 베풀어준 따뜻하고 넉넉한 마음들이 되살아나는 거였다.

나는 한 친구와 돈을 모아 에어컨을 선물했고, 다른 한 친구는 커다란 화분을 주문했다. 동전만한 이파리들이 촘촘하게 매달려 있는 나무는 전체적으로 진한 청록 빛깔이었는데 빛이 닿을 때마다 기름칠을 해놓은 듯 윤이 났다. 허리춤까지 오는 크고 무거운 화분을 너는 준이와 여러 번 옮겼다. 가게 출입문 쪽에 놓았다가 정수기 바로 앞으로 갖다놓았고, 냉장고 옆에 세웠다가 다시금 카운터 아래로 끌고 왔다. 어디에 놓든 크게 상관이 없을 것 같은데도 너는 가게에 오는 사람들이 꼭 한 번씩은 봐야 한다고 고집을 부렸다. 그게 금전수라는 것은 나중에 알았다. 돈을 불러오는 나무라고 해서 사람들이 흔히 돈나무라고 부른다는 사실도 시간이 더 지난 뒤에야 알게 되었다.

한참 만에 너는 화구에 불을 붙이고 물을 올렸다. 네가 본격적으로 음식 준비를 시작하자 준이는 곁에서 자질구레한 일들을 거들었다. 아삭아삭한 채소를 듬뿍 넣은 쫄면도, 황태와 멸치, 다시마를 오래 끓여 국물을 낸 국수도 흠잡을 데가 없었다. 베이컨과

햄, 시금치와 파프리카, 삼겹살 같은 재료를 아낌없이 넣은 김밥도 먹음직스러웠다.

네가 직접 만든 음식을 맛보는 동안 가게 너머로 푸릇푸릇하게 어둠이 깔렸다.

아, 이제 정말 더는 못 먹겠다.

다들 그렇게 말하면서도 다시 젓가락을 찾아 쥐고 또 뭔가를 입으로 가져갔다. 그만 일어나자. 얼른 가자. 내일부터 장사하려면 푹 쉬어야지. 잘해라. 힘내라. 그런 말을 주고받으면서도 선뜻 자리에서 일어나는 사람은 없었다. 길 건너 편의점에서 캔맥주를 두어 번 더 사오고 그 술이 모두 바닥난 뒤에야 테이블을 정리하고 가게를 나왔다. 지하철도 버스도 다 끊긴 시각이었다.

택시가 다니는 큰길까지 우리는 두셋씩 짝을 지어 앞서거니 뒤서거니 하며 걸었다. 그리고 잠시 너와 나란히 서게 되었을 때 내가 말했다. 잘할 거라고. 잘될 거라고. 누구나 할 수 있고, 누구나 할 법한 격려였던 것 같다. 얼마간 취기에 휩쓸린 탓이었겠지만 너는 한 팔로 내 어깨를 힘껏 감싸안는 것으로 대답을 대신했다.

도움 필요하면 언제든 연락해. 건강 잘 챙기고.

나는 그렇게 인사하고 택시에 올랐다. 이후 한동안 너에게선 연락이 없었다. 들리는 이야기로는 제법 장사가 잘되는 모양이었다. 네가 화제에 오르면 언제 한번 또 가자, 모이자, 시간을 잡자, 하는 식으로 대화는 이어졌지만 그때뿐이었다. 나도 다를 게 없었다. 모든 게 잘되고 있다니 다행이라고 생각했고 괜히 붐비는 가게에 들러 시간을 뺏을 필요가 없다고 여겼다.

그리고 겨울이 시작될 즈음이었나. 준이가 전화를 걸어온 적이 있다. 따로 연락을 주고받을 정도로 가까운 사이는 아니어서 순간 너에게 무슨 일이 생긴 게 아닐까 걱정스러운 마음이 들었다.

아니에요. 뭐 급한 일이 있어서 전화를 드린 건 아니고요. 언니, 혹시 시간 되시면 저 좀 만나주실 수 있어요? 의논드리고 싶은 일이 있어요.

준이는 다음날 점심 무렵 내가 일하는 사무실 근처로 왔다. 왜 하필 점심시간일까. 너 혼자 정신없이 바쁠 시간인데. 그럼에도 나는 아무것도 묻지 않았다. 마침내 자리를 잡고 앉은 곳은 성당에서 운영하는 조그마한 카페였다. 커피 두 잔이 나왔고 준이는 뜨거운 잔을 두 손으로 감싼 채 하얗게 피어오르는 김을 가만히 내려다보기만 했다. 손끝이 빨갛게 얼어 있었다. 큰 소리로 웃고 떠들던 옆 테이블 사람들이 나가고, 정수기를 만지작거리던 수리업체 직원까지 가고 나서야 준이는 입을 열었다.

처음엔 여름 무렵부터 손님이 부쩍 늘었다는 이야기를 했다. 단체 주문이 있는 날엔 새벽 네다섯시부터 가게에 나가 김밥을 말아야 했고, 오전 열시가 되기 전부터 손님이 들이닥쳤다고 했다. 가까운 상가엔 직접 배달을 가곤 했는데 근처에 신축 빌라를 짓는 공사 현장이 늘어나면서 배달을 다녀오는 횟수도 점점 많아졌다고 했다. 오후 두시 무렵이면 점심 손님들이 거의 빠져나가지만 저녁식사 손님이 오는 다섯시까지 주방과 홀을 청소하고 소진된 재료를 보충해 음식을 준비하려면 한숨 돌릴 여유조차 없었다고 했다.

둘이서 너무 바빴겠네.

나는 커피를 아주 조금씩만 마시며 준이가 하는 이야기를 들었다.

그래서 제가 언니한테 사람을 쓰자고 했거든요. 언니도 좋다고 했고요. 새파랗게 어린 애들보다는 나이가 있는 분이면 더 좋지 않겠냐고 해서, 옆집 미용실 사람에게 동네 사시는 아주머니 한 분을 소개받았어요.

준이는 그 아주머니가 두 달 일했다고 했다.

식당에서 일한 경험이 많지 않은 탓에 시급이 적은 편이었는데도 아주머니는 군말 없이 너와 준이가 시키는 일을 했다고 했다. 재료를 손질하고, 주문을 받고, 계산을 하고, 배달을 가고. 그런데도 네가 그 아주머니에게 지급해야 할 월급을 차일피일 미뤘다는 거였다. 아주머니는 말이 통하지 않는 너 대신 준이에게 집요하게 연락을 해왔고, 옆집 미용실이며 철물점 사람들까지 가게를 찾아오는 통에 준이가 사비를 털어 남은 월급을 정산해준 게 두 달 전이라고 했다. 그러니까 너는 두 달이 넘도록 준이에게 그 돈을 주지 않고 있는 거였다.

아주머니가 온 뒤 한 달이 지날 무렵부터 너는 정산이 맞지 않는다는 이야기를 자주 했다고 했다. 그러다가 아주머니의 느슨한 출퇴근 시각을 문제삼았고, 호박이나 양파, 냉동 고기나 남은 반찬 같은 것들에 누군가가 손을 대는 것 같다며 언성을 높였다고 했다. 아주머니의 사소한 실수가 손님들에게 좋지 않은 인상을 줘서 손님이 자꾸 줄어드는 거라며 노골적으로 불만을 표시한 것도 여러 번이라고 했다.

급기야 너는 준이의 말투와 차림새를 문제삼았고 손님들이 다 있는 데서 면박을 주고 핀잔을 주는 일도 빈번해졌다고 했다.

진짜 그렇게까지 할 일은 아니었거든요.

준이는 이런저런 이야기들을 더 보탰다. 그건 너에 대한 불평이나 불만처럼 느껴졌고, 너를 모르는 사람이 들으면 너를 몹쓸 사람으로 오해할 정도였다. 나는 그즈음에서 그만 준이를 돌려보내려 했다. 어쨌든 내가 개입할 문제는 아니고, 함께 일을 도모한다는 게 쉬운 일은 아니라고, 오해가 생기면 솔직하게 터놓고 이야기하는 게 최선이라는 조언 정도를 해줄 생각이었다.

그런데요, 언니. 진짜 이 이야긴 하지 않으려고 했는데. 저 정말 억울해요. 너무 억울해서 밤에 잠도 잘 안 와요.

내가 그만 일어서려고 하자 준이가 불쑥 그렇게 털어놓았다. 며칠 전 네가 준이에게 투자한 돈의 일부를 돌려주고 그만 가게에서 손을 떼라고 통보했다는 거였다. 준이는 짤막하게 사정을 설명한 뒤 뭔가 더 말하려는 듯 입을 열었지만 결국 아무런 말도 하지 않았다. 너를 위해서라기보다는 마지막 남은 자존심 같은 것을 잃지 않으려고 안간힘을 쓰는 듯 보였다.

화가 나서 한 말이겠지. 그럴 사람은 아니잖아.

나는 점점 심각해지는 분위기를 물리치듯 그렇게 말하고 자리에서 일어났다. 다시 사무실에 들어가야 한다는 핑계를 댔지만 그곳에 앉아 네 입장이 생략된 일방적인 이야기를 더 듣고 싶은 마음은 없었다. 아니, 네가 정말 그렇게 했다면 내가 다 알지 못하는 어떤 사정이 있을 거라고, 분명 그럴 만한 이유가 있을 거라고 믿고 싶었다.

준이는 몇 차례 더 전화를 걸어왔다.

어느 날은 차분한 목소리로 불가해한 너의 행동을 설명하려고 했고, 또 어느 날은 어떻게 해도 나아지지 않는 빠듯한 형편을 들먹이며 나를 설득해보려고 애썼다.

언니가 이야기 해주세요. 제 말은 들으려고도 안 해요. 다른 사람들은 몰라도, 언니가 말하면 들을 거예요. 그래도 언니 말은 듣잖아요.

준이는 거듭 그렇게 부탁했다.

두 사람 사이에 끼어들어 불필요한 오해를 부풀리고 싶지는 않았다. 그때마다 나는 너와는 그냥 친구 사이일 뿐이라고, 서로의 삶에 간섭할 수 없고 그래서도 안 된다는 말을 했던 것 같다. 준이는 너와 내가 알고 지내온 시간을 들먹였고 우리 둘 사이에 있었던 사소한 일들을 입에 올렸다. 듣다보면 악에 받친 말처럼 들렸고 작정한 것처럼 느껴지기도 했다.

이후 몇 번인가 너와 이야기할 기회가 있었지만 준이 이야긴 꺼내지 못했다. 어쨌든 말을 시작하면 결국엔 내가 왜 이런 일에 휘말리고, 아무 상관 없는 사람에게 이런 원망과 비난을 들어야 하는지, 다시금 너를 탓하게 될 것 같아서였다. 그러면 오래전 그랬던 것처럼 옳고 그름을 따지고 훈수를 두면서 주제넘은 이야기를 쏟아내게 될지도 몰랐다.

그리고 그해 연말 즈음 주변 사람들에게 돈을 빌리고 갚는 문제로 너는 또 한번 곤란을 겪었다. 어렵게 말을 꺼내면 어렵게 거절의 답이 돌아왔고 그렇게 한 사람, 한 사람, 제외하다보니 남는 사람이 너 하나뿐이라며, 너는 내게 조심스럽게 용건을 꺼냈다. 네가 처한 상황을 구체적으로 묻는 대신 나는 얼마간의 돈을 너에게 보내고 말았다. 그건 내가 감당할 수 있는 정도의 액수였고 그러므로 너에겐 아마 턱없이 부족한 금액이었을 것이다.

해가 바뀌고 봄이 시작될 무렵이 되어서야 너는 준이에 대해 짤막하게 말했다. 준이에게 사정이 생겨서 투자한 돈을 모두 돌려주었고, 그걸로 정리가 되었다는 거였다. 그 일로 손해를 봤고 한동안은 마음고생이 심했다는 이야기를 너는 조금 더 했다. 어쨌든 다 마무리가 되었고 가게는 이제 혼자서도 얼마든지 꾸려갈 수 있다며 너는 웃었다.

그해 여름이 끝날 무렵 네 가게에 한 번 들른 적이 있다.

들어가서 보시라고요. 가정집도 아니고, 손님들 드나드는 가게에 이게 도대체 무슨 경우예요. 어제는 오늘 온다더니, 오늘은 내일 온다고 하고. 내가 지금 이것 때문에 밤에 잠도 못 자고 손해가 얼마나 막심한 줄 알아요?

지하철역을 빠져나와 골목으로 접어들었을 때, 멀리 네 가게 앞에 서 있는 두 사람이 보였다. 시비가 붙은 듯 목소리에 날이 서 있었다. 지나가던 사람들이 한두 번씩 돌아볼 정도로 분위기는 험악했다. 아예 걸음을 멈추고 구경하듯 서 있는 사람도 여럿이었다.

그게 너일 거라고는 생각하지 못했다.

그럼 나더러 뭘 어쩌라는 거요. 주인이 업체에다 이야기한다고 했고, 그 업체 사람한테 사정이 생긴 걸 나더러 뭘 어쩌라는 겁니까?

내가 가까이 다가가자 너와 마주서 있던 사람이 나를 올려다보았다. 체구가 작은 남자 노인이었다. 너는 가게 안에 들어가 있으라고 손짓한 뒤 차분하게 이야기를 이어나갔다. 어쨌든 무슨 수를 써서라도 오늘 안에 해결해달라는 말이었고, 그렇게 하지 않을 경우엔 다들 각오해야 할 거란 말을 할 땐 다시금 목소리가 격앙되었다. 노인은 기가 막힌다는 듯 네가 고함치는 모습을 우두커니 올려다보다가 자리를 떴다. 그 사람이 가게를 중개했던 부동산 사장이라는 것은 나중에 알았다.

수십 평 되는 가게도 아닌데 왜 이렇게 신경써야 할 게 많니. 요즘 내가 이러고 산다.

너는 가게 입구에 서서 소리나게 앞치마를 탁탁 턴 다음 안으로 들어왔다. 그러고 나서 가게 안쪽 물이 새는 천장을 가리켜 보였다. 물이 번진 자국이 벽지를 타고 아래로 흘러내리는 중이었다. 축축하게 젖은 벽지 주변으로 불쾌한 냄새가 번지고 있었다.

사람들이 정말 너무하지 않아? 자기 일 아니라고 이 사람, 저 사람한테 떠넘기기 바쁘고. 나 같은 사람은 언제까지 이렇게 당하고 살아야 하는지 모르겠다.

너는 열이 오르는지 선 채로 찬물 한 컵을 단숨에 들이켰다. 그런 후에는 잊고 있었다는 듯 여기저기 전화를 걸어대기 시작했다. 집주인과 긴 통화를 끝내고, 공사 업자에게 메시지를 남기고, 바로 위층에 사는 사람에게 여러 차례 전화를 걸다가 못 참겠다는 듯 이층으로 올라가 끈질기게 현관문을 두드렸다. 거칠게 현관문을 때리며 누군가를 부르는 목소리가 가게를 지키는 내 귀에까지 또렷이 들렸다.

그러는 동안에도 손님은 거의 오지 않았다. 가게 밖에 선 채로 어묵 몇 개를 집어먹는 학생들이 전부였고, 살피듯 가게 안을 슬쩍 보고는 돌아서는 사람이 많았다. 너와 이야기를 나눌 여유는 좀처럼 생겨나지 않았다. 비로소 마주앉았다 싶으면 다른 일이,

또다른 일이 너를 자꾸만 가게 밖으로 불러내는 거였다. 너는 가게 밖 길가에 내놓은 물건들을 정리하라는 약국 사람과 말다툼을 벌였고, 가게 앞 도로변에 차를 세운 운전자를 찾느라 이 가게, 저 가게를 기웃거렸다. 지나가던 사람들이 그런 너를 자꾸만 힐끔거렸다. 팔짱을 끼고 서서 느긋하게 지켜보는 사람도 있었다. 그들의 눈에 담긴 게 호의가 아니라는 것을 단번에 알 수 있었다. 일어나야지, 그만 가야지, 생각했지만 나는 날이 저물 때까지 그곳에 머물렀다.

문득 네가 가게 한쪽 구석에 있는 화분을 가리켰다. 차곡차곡 쌓아놓은 비품 상자와 네모난 밀폐용기들 탓에 맨 아래 깔린 것이 원통형의 기다란 화분이라는 것을 알아보는 데 한참이 걸렸다. 가게에 오는 사람은 누구든 꼭 한 번씩은 봐야 한다며 네가 이리저리 위치를 옮기던 바로 그 금전수 화분이었다.

해도 쬐어주고 물도 자주 줬는데 비실비실하더니 저렇게 죽었다.

너는 화분 밑동을 내려다보며 중얼거렸다. 뭔가 실수가 있었는지, 놓친 게 없었는지 찬찬히 되짚어보는 얼굴이었다. 그러다가 고개를 들고 모든 게 저 화분 때문이라는 말을 했다.

그러고 보니 저 나무가 죽고 나서는 되는 일이 정말 하나도 없네.

너는 내 눈을 보며 조금 더 큰 소리를 냈다. 도대체 무슨 말일까. 너는 처음부터 그 나무가 비실비실했던 게 틀림없다고 말했다, 어쩌면 그건 금전수가 아니었을지도 모른다고. 무턱대고 그

화분을 잘 보이는 가게 입구에 내놓는 게 아니었다고. 네 이야기는 끈질기게 화분 주변을 맴돌았다. 몇 번인가 화제를 바꿔보려고 했지만 너는 내 손을 뿌리치듯 말을 끊은 다음 다시 화분 쪽으로 되돌아가고 또 되돌아갔다.

그러다가 생각난 듯 에어컨을 가리키며 여름 내내 고장이 잦았다는 이야기를 늘어놓기 시작했다. 냉매를 채우고 필터를 갈고 종일 최저 온도로 맞춰놓는데도 후텁지근한 가게 안에서 땀을 흘리며 식사를 하고 간 손님들은 두 번 다시 가게를 찾아오지 않는다고 말했다. 겉만 멀쩡하지 속에 분명 문제가 있는 거라며 너는 가게 구석에 서 있는 기다란 에어컨을 바라보았다.

네가 신경도 쓰지 않고, 도움도 주지 않아서 내가 다 망하게 생겼다.

나는 네가 그런 말을 하고 있다고 생각했다. 그런 식으로 서운하고 섭섭한 마음을 우회적으로 토로하고 싶은 거라고 생각했다. 아니, 다시금 이 모든 게 나 때문이라고, 또 나를 지목하며 원망을 퍼붓고 싶은 거라고 생각했다. 그러니까 그 순간 내가 확인한 건 아주 가까운 사람을 탓하는 네 오랜 버릇이 여전히 너에게 남아 있다는 사실이었고 그것이 말할 수 없이 실망스러웠다.

그래. 신경쓸 게 많겠다.

나는 간신히 한마디를 했다. 그런 후엔 충고인지, 격려인지, 위로인지, 나 자신도 알 수 없는 두서없는 말을 보태다가 자리에서 일어났다. 중요한 약속이 있다는 핑계를 댔지만 내가 몰라도 좋을 너의 사정을 더 듣고 있을 자신이 없었다.

나는 네가 곧 가게를 접게 될 거라고 생각했다. 계약 기간을 채운다면 다행이라고 여겼고, 틀림없이 얼마간 손해를 볼 것이라고 짐작했다. 그래서 이 년이 더 지난 뒤 네가 조금 더 큰 가게로 옮겨간다는 소식을 들었을 때엔 어떻게 그런 일이 가능했을까 골똘히 생각했을 정도였다.

누군가는 네 가게 근처에 유원지가 조성된 게 호재가 되었을 거라고 했다. 가게가 있는 골목을 가로지르면 언덕을 낀 마을이 나오는데, 그곳을 새로 단장하면서 관광객이 늘어난 덕분이라고 이야기하는 사람도 있었다. 대로변에 아파트 단지가 세워졌다는 이야기. 그 일대가 재건축, 재개발로 들썩인다는 이야기. 중국인을 대상으로 한 쇼핑센터가 들어선다는 이야기. 그중엔 가게 누수 문제로 소송을 벌이고 주인을 끈질기게 괴롭힌 대가로 목돈을 꽤 쥐게 되었다는 이야기도 있었다. 모두 어디까지가 사실이고 사실이 아닌지 가늠할 수 없는 이야기들이었다.

어쨌든 그 가게를 처분하고 너는 빌려간 돈을 모두 갚았다.

그리고 몇 달 뒤 터미널 근처에 두부 요리 전문점을 인수했다는 소식을 전했다. 두부로 만든 요리와 간단한 식사 메뉴를 겸하는 식당이었다. 가게를 완전히 넘겨받기 전 너는 두 달간 그곳에서 콩 삶는 법을 배우고, 간수를 넣고 빼는 기술을 익힐 정도로 의

욕이 넘쳤다.

뭐, 아주 큰 규모는 아니야.

그렇게 말하면서도 너는 한 번쯤 내가 와줬으면 했다. 직접 가서 보니 가게는 꽤 넓었다. 삼십 평은 넘는 듯 보였고 직원도 셋이나 있었다.

아줌마, 손님 왔잖아.

직원에게 지시를 내리는 네 모습은 정확하고 빈틈없어 보였다.

이건 통으로 쓰지 말고 잘라서 쓰라니까. 어제 들어온 새우는 어쨌어요? 그거 내놓으라고 한 지가 언젠데 아직이야?

주방 안으로 들어가 식재료를 점검하고 냉장고 안을 살피며 주의를 주는 모습도 깐깐하고 철저해 보였다.

지난번에도 내가 말했잖아. 이걸 먼저 내고 나서 세팅을 해야지. 이렇게 마구잡이로 하면 어떡해?

답답하다는 듯 손님들 앞에서 직원에게 직접 시범을 보이는 경우도 있었다. 뭐 저렇게까지 할 필요가 있을까 싶었지만 너는 아주 작은 실수도 그냥 넘어가지 않겠다는 듯 까다롭게 굴었다. 어쩌면 그것이 몇 년간 그 분식집을 운영하며 네가 얻은 교훈일지도 몰랐다. 눈에 보이지도 않는 작은 일들이 결국엔 조금씩 더 큰일을 불러오고 모든 상황을 돌이킬 수 없게 만들어놓는 거라고 생각하는지도 몰랐다.

너는 잠깐씩만 친구들과 내가 있는 테이블에 들렀다. 그때마다 친구들이 한마디씩 했다. 이만하면 괜찮다. 성공했다. 잘되었다. 다행이다. 고생이다. 모두가 그런 식으로 네 사정을 살뜰히 살피지 못했다는 미안함, 늘 얼마간 모른 척해왔다는 죄책감 따위의 감정들을 떨쳐내려고 애를 쓰는 거였다.

너는 한참 만에 입을 열었다. 아직은 자리를 잡는 중이라고 선을 긋고 그동안 고생한 것에 비하면 모든 게 마음에 차지 않는다고, 밖에서 보는 사람들은 이런 속사정을 다 알 수 없고 실은 내일 또 무슨 일이 언제 어떻게 일어날지 알 수 없어 불안하다고, 모든 일을 혼자 책임지고 감당해야 하는 것이 실은 장사의 전부라고 말하며 너는 웃었다.

이상하게도 그런 말을 하는 네 얼굴에선 어떤 걱정이나 두려움의 기미를 발견하기 어려웠다. 오히려 스스로에 대한 확신과 낙관으로 가득찬 사람처럼 보였다. 그것이 낯설고 또 얼마간 불편하게 느껴지기도 했지만 나는 모든 게 다행이라고 생각했다. 어쨌거나 네가 스스로 작아지고 또 작아져서 주변 사람들을 이러지도 저러지도 못하게 만들던 난감하고 궁색한 자리에서 완전히 벗어나게 된 거라고 믿었기 때문이다.

그러나 왜였을까.

서너 해가 더 지나고 건물주가 바뀌고 강제로 철거가 되니 마니 하는 문제에 네가 휘말렸을 때엔 다시금 올 것이 왔구나, 하는 생각이 들었다. 너는 수시로 전화를 걸어왔고 구체적인 상황들을 전

했다. 아직까진 잘해내고 있고 어떻게든 버텨낼 거라는 다짐이 도와달라는 뜻의 다른 말이라는 것을 모를 수가 없었다. 그러나 그즈음에 이르러서는 나도 네 사정에 귀를 기울일 수가 없었다. 세무조사가 예고된 회사 사무실엔 종일 파쇄업체 직원들이 드나들었고, 책임 소재를 가리는 문제로 회사 분위기는 뒤숭숭했다. 그게 아니라도 내가 감당해야 하는 일은 많았다. 자고 나면 늘 다른 일이, 또다른 일이 일어났고, 한번 생겨난 일들은 어떤 식으로든 대가를 치르지 않고는 결코 저절로 잠잠해지지 않았다.

그럼에도 어느 주말 저녁 나는 또다시 너를 만나러 갔다.

함께 가겠다는 친구가 없었으므로 이번엔 나 혼자였다. 11월 하순이었고 몹시 추운 날이었다. 바람이 불 때마다 눈이 시리고 코끝이 얼어붙는 것 같았다. 환한 간판들이 줄지어 선 골목은 사람들로 붐볐다. 나는 골목이 끝나는 지점까지 갔다가 몇 번이고 다시 되돌아왔다. 분명 여기 어디쯤이었던 것 같은데. 네 가게는 숨바꼭질하듯 어디론가 사라지고, 또 사라지고, 계속 사라졌다.

한참 만에 찾은 네 가게 주변은 주차된 차와 오토바이, 아무렇게나 버려진 상자와 폐품 같은 것들로 어수선했다. 주차장이나 공터로 착각하고 내가 몇 번이고 그냥 지나친 게 분명했다. 불이 꺼진 가게는 출입문이 굳게 닫혀 있었는데 스프레이로 휘갈겨놓은 글자들 탓에 가게 상호와 메뉴는 아예 읽을 수조차 없는 상태였다.

너에게 여러 번 전화를 걸고 나서야 조심스레 문이 열렸다. 너는 네댓 명의 사람과 함께 가게 안을 지키고 있었다. 모두 너를 도우러 온 사람들이라고 했지만 아는 얼굴은 하나도 없었다. 다들 커다란 점퍼 속에 얼굴을 파묻다시피 하고 있었지만 앳된 티가 역력했다.

전기와 수도가 끊긴 실내는 춥고 어두웠다. 바람이 불면 깨지고 금이 간 창으로 바람이 새어들었고 기분 나쁜 소리가 났다.

나를 잘못 봤지. 잘못 봐도 한참 잘못 봤지. 이만한 일에 내가 뭐 당장 짐이라도 싸서 나갈 거라고 생각한 모양이지? 사람을 뭘로 보고.

너는 가지런하게 모은 두 발을 까닥거리며 그렇게 중얼거렸다. 나에게 하는 말이라기보다는 스스로에게 당부를 하는 듯했다.

그러니까 나는 이쯤에서 그만두라고 너를 설득할 생각이었다. 한자리에서 십 년씩, 이십 년씩 장사를 한 것도 아니고, 원래 있던 가게를 네가 고스란히 인수한 것이 아니냐고, 지금 조건이면 가게를 빼더라도 크게 손해를 보는 것은 아니라고, 매번 이렇게 고되고 버거운 상황 속에 스스로를 세워둘 필요는 없다고, 너의 마음을 돌려볼 작정이었다.

아니, 실은 이런저런 일이 생길 때마다 너의 연락을 받고 시간을 내서 네 사정을 살피러 오는 것이 이제는 정말 힘들다고, 네 부탁이나 요구가 때로는 너무 이기적으로 느껴지고 그때마다 난처하고 난감한 기분을 감당해야 하는 내 입장을 생각해보라고 다그치고 싶었는지도 모른다.

너는 여기저기 전화를 거는 듯했고 곁에 앉은 사람들과 나지막이 대화를 나누었다. 사람들에게 핫팩을 하나씩 나누어주고 가게 뒷문으로 나가 뜨거운 캔커피와 만두 몇 판을 사왔다. 나도 네가 건네주는 커피와 만두를 맛보았다. 커피는 지나치게 달았고 밀가루 냄새가 심한 만두도 삼키기 어렵긴 마찬가지였다. 아니, 가게에 고인 냉기 탓에 뭔가를 먹고 마시는 것조차 쉽지 않았다.

나는 휴대폰을 내려다보고 창에 어른거리는 불빛들을 보며 그곳에 머물렀다. 그런 식으로 그 자리를 박차고 일어나고 싶은 충동을 간신히 억누르고 있는 거였다. 한참 만에 너는 자리에서 몸을 일으키더니 사람들을 향해 분명한 목소리로, 구체적인 사정들을 밝히기 시작했다.

너는 오래 만나던 사람과 결혼했고 삼 년 만에 이혼한 뒤 아주 어렵게 작은 분식집을 열었다고 말했다. 가게를 함께 운영하던 친한 동생과의 관계가 틀어졌고 한동안은 수면제를 먹어야 겨우 잠이 들 정도로 마음이 불안했다고도 했다. 사람들에게 손을 벌리고 도움을 구해야 할 때가 많았고 그때마다 주변 사람들을 하나씩 잃어야 했다고도 했다. 부당한 일을 부당하다고 말했을 뿐인데도, 자신이 의도한 일이 아니고 잘못한 것이 없는데도, 한 가지 일을 바로잡는 동안엔 또다른 일들이 돌이킬 수 없이 망가져버렸다고 말했다.

듣다보면 언젠가 내가 보았던 너의 어떤 모습들이 겹쳐지고 뚜렷해졌다. 다 안다고 생각했지만 결코 다 알 수 없는 일들. 사실이지만 또 얼마간 사실이 아닌 일들. 차마 다 이야기할 수 없는 각자의 내밀한 사정들. 잘잘못을 가릴 수 없음에도 모두가 죄책감을 떠안아야 했던 시간들. 오래전 다 잊었다고 생각한 어떤 장면들이 환하게 무리를 지어 떠오르는 것이었다.

하지만 정말 왜였을까.

그 순간엔 또다시 네가 처한 상황 속에 겁없이 발을 들여놓았다는 생각이 들었다. 너로 인해 보지 않아도 될 것을 보고, 듣지 않아도 될 것을 듣고, 말하지 않아도 될 것을 말해야 하는 곤란한 자리에 서게 되었다는 자책을 떨칠 수가 없었다.

너의 무엇이 그토록 나를 불편하게 만들었던 것일까. 나는 왜 늘 너에게서 도망갈 준비를 하고 있었던 것일까. 네가 원한 건 춥고 어두운 그곳에 고작 몇 시간 함께 머물러주는 것이었는데. 그 밤, 어떤 식으로든 담판을 짓고 어떻게든 해결을 할 거란 네 다짐에 수긍하듯 고개를 끄덕여주는 것이었는데. 누구나 할 수 있고 누구에게나 할 법한 격려의 말 한마디를 구하는 것이 전부였는데도.

나는 아무런 말도 하지 않았다.

자정이 지난 뒤에도 사람들은 자리를 지켰다. 네가 쫓아내듯 나를 밀어내지 않았다면 나 역시 못 이긴 듯 가게를 나서기 어려웠을 것이다. 사람들로 붐비던 골목은 한산했고 적막했다. 우리는 가게 앞에 선 채로 몇 마디를 나누었다. 건강을 잘 챙기라는 내 말에 너는 그렇게 하겠다고 말했고, 또 들르겠다는 말에는 걱정하지 말라며 웃었다.

낯선 동네인데다 어두워서 어디로 가야 하는지, 어떻게 가야 하는지 막막했다. 나는 뒤돌아보지 않기 위해 걸었다.

너와의 관계는 왜 이렇게 계속 이어져온 것일까. 완전히 연락이 끊어지고 그래서 처음부터 모르는 사람처럼 서로의 삶에서 완전히 사라져버릴 몇 번의 기회가 있었는데. 서로에 대해 편안한 기억만을 나눠 가질 수 있었는데. 나는 왜 겁도 없이 네 연락을 받고, 안부를 듣고, 네 삶에 조금씩 더 가까이 다가서는 걸 포기하지 못한 것일까.

이번에는. 이번에야말로.

어둑어둑한 골목을 빠져나오는 동안 나는 그런 다짐을 수없이 반복했다. 두 번 다시 이렇게 낯설고 추운 길 위에 서 있지 않겠다고, 너와 나를 이토록 난처한 상황 속에 밀어넣지 않겠다고, 결코 바뀌거나 달라지지 않을 너와의 관계에 더는 여지를 주지 않겠다고 생각했던 것도 같다.

그럼에도 멀리 도로가 보이고 택시 한 대가 도로변에 정차할 무렵에는 캄캄해서 아무것도 보이지 않는 골목 쪽을 다시금 이끌리듯 바라보고 있었다.

아는
언니

영화가 끝나고 조명이 켜질 때 보니 네 눈가가 빨갰다.

울었냐고 물었는데 아니라는 대답이 돌아왔다. 출구 쪽으로 사람들이 몰리면서 잠시 소란이 일었다. 누가 넘어진 모양이었다. 그러는 동안에도 넌 멍한 얼굴로 캄캄한 스크린에서 눈을 떼지 못했다. 좌석과 좌석 사이의 좁은 틈으로 사람들이 지날 때마다 몸을 바짝 움츠려야 했다. 겨우 네댓 사람이 남았을 때 보니 너는 울고 있었다.

이게 울 만한 내용인가.

그런 생각이 들었지만 묻진 않았다. 말이 길어질 것 같아서였다. 너는 말하는 걸 좋아하는 편이었다. 말하는 걸 좋아한다기보다는 자신의 생각을, 마음을, 아무튼 눈에 보이지 않는 것을 표현

하는 데에 욕심이 있었다. 그래서 상대방이 제대로 이해했는지, 이해하는 척만 하는 건지 단번에 알아차렸다. 나로선 그런 긴 대화를 감당할 기분이 아니었다.

이 영화 한번 더 보고 싶어. 바로 다음 걸로 볼까?

그래서 네가 그렇게 물었을 때 순순히 그러자고 했다.

네가 화장실에 간 사이 나는 매점에서 캔커피 두 개와 소시지 하나를 샀다. 주말이라 영화관 내부는 몹시 붐볐다. 창 너머로 노을이 지고 있었다. 금방이라도 비가 내릴 것처럼 날이 흐렸다. 나는 창이 바로 내다보이는 의자에 앉아 이달 말로 영화관 영업이 종료된다는 안내문을 읽고 있었다.

자판기 앞에서 네가 손짓하고 있었다는 건 한참 만에 알았다.

너는 누군가와 마주서서 이야기를 나누는 중이었다. 내 쪽에선 그 사람의 얼굴이 보이지 않았다. 해변에서나 쓸 법한 챙이 넓은 모자를 쓰고 발목까지 내려오는 원피스를 입은 그 사람의 뒷모습 너머로 네 얼굴이 잠깐씩 보였다가 말다가 했다. 그 사람이 네 어깨와 팔을 쓰다듬는 모습이 퍽 친근해 보였다. 너와 다시 눈이 마주쳤고 나는 얼른 고개를 저어 보였다. 네가 똑같이 고개를 저으면 모른 척 그곳에서 너를 기다릴 작정이었다.

여기, 이리로 와!

그리고 네가 손을 흔들며 나를 불렀다.

그 사람이 곧장 몸을 돌렸고 누군지 금방 알아볼 수 있었다. 아는 언니였다. 내가 아는 언니가 아니고 네가 아는 언니. 언니라 부르기엔 나이가 많았는데 이모나 선생님이라고 부르기에도 애매했다. 어쨌든 언니라고 불러줬으면 좋겠다고 그 사람이 직접 말한 적이 있었다. 오가다가 한두 번씩 마주친 적이 있어서였다. 그런데도 매번 처음 보는 사람처럼 낯설었다. 그게 컬러풀하고 화려한 의상 때문인지 요란하다 싶은 액세서리 때문인지는 알 수 없었다. 아무튼 언제 어디서나 함께 있기엔 좀 부담스러운 데가 있는 사람이었다.

어머, 여기서 또 보네.

그 사람이 내 어깨를 감싸안으려고 다가왔고 나는 주춤거리며 뒤로 물러났다. 그 사람은 한 걸음 더 다가와 기어이 내 팔을 잡고 이끌었다.

에이, 또 그런다. 우리 지난번에도 봤잖아요. 기억나죠? 잘 지냈어요?

나는 고개를 까닥하고 웃었다. 무슨 말이든 하고 싶었지만 딱히 떠오르는 말이 없었다.

두 사람 같이 영화도 보러 다니고 너무 좋아 보이네.

그 사람은 너와 몇 마디를 더 나누었다. 주로 영화에 관한 이야기였다. 너는 내가 기억하지도 못하는 장면과 소품, 날씨와 인물들, 심지어는 배경음악까지 꼼꼼하게 기억해냈다. 나는 차가운 캔커피 두 개를 양쪽 볼에 대고 있었다. 계속 열이 올랐다. 어색하고 무안했는데 무엇보다 그걸 숨기지 못하는 스스로가 마음에 들지 않았다. 그럴 필요도, 이유도 없는데 매번 어린아이처럼 불편한 티를 내는 것도 못마땅하긴 마찬가지였다.

상영관에 입장한 뒤 조명이 꺼지고 다시 영화가 시작되었을 때 네가 소곤거렸다.

언니가 언제 집에 한번 놀러오겠대. 괜찮지?

그때부터 거의 영화에 집중할 수가 없었다. 그 사람이 어디쯤에 앉아 있는지 찾으려다가 뒷좌석 사람과 몇 차례 눈이 마주친 뒤로는 앞을 보고 앉은 비슷비슷한 뒷모습들만을 골똘히 살피게 됐다. 너와 함께 사는 이 년간 아주 친한 친구들 서넛을 제외하면 누군가를 집에 들인 적은 없었다. 그건 암묵적인 합의였고 약속이었다. 그런데도 네가 갑자기 왜 이런 말을 꺼내는지 더 묻지 못했다.

누구세요?

한번은 집에 혼자 있을 때 누군가가 벨을 누른 적이 있다. 처음엔 택배 기사라고 생각했고, 관리실 사람일 수도 있겠다는 생각이 들었는데 대답이 없으면 돌아가겠거니 여겼다. 벨소리는 끈질기게 이어졌고 당장 문 열라는 목소리가 들렸다. 나중엔 복도가 쩌렁쩌렁 울릴 만큼 목소리가 커졌다.

누구세요? 누구시냐고요.

인터폰을 켜자 푸르스름한 화면 속에 서 있는 중년 여성의 모습이 보였다. 그 사람은 보란듯이 문을 몇 번 더 두드리고는 화면 가까이 얼굴을 갖다대고 물었다.

아니, 얘가 오늘 왜 이래. 뭐하는 거야? 당장 문 못 열어? 아니, 잠깐. 근데 너 누구니?

그 사람이 너희 엄마라는 건 현관문을 열고 나서 알았다. 전화를 걸어도, 문자를 보내도 너에게선 답이 없었으므로 나는 이러지도 저러지도 못한 채 현관 앞에 얼어붙은 듯 서 있었다. 너희 엄마는 가져온 짐을 주방 쪽에 내려놓고 거실 소파에 자리를 잡고 앉았다. 그런 뒤엔 답답하다는 듯 온 집안의 창문을 모두 연 다음에야 나를 향해 이렇게 물었다.

네가 그애니?

네?

네가 같이 산다는 그 친구야?

내가 이렇다 할 대답을 하지 않았는데도 너희 엄마는 화장실로 들어가버렸다. 물을 트는 소리가 났고, 솔로 바닥을 닦는 소리가 들렸다. 열린 문틈으로 세면기와 변기를 닦는 너희 엄마의 뒷모습이 보였다가 말다가 했다. 무슨 말이라도 해보려고 했지만 기를 쓰고 나를 피하려는 기색이 역력했으므로 짐을 챙겨 곧장 집을 나올 수밖에 없었다.

미안. 네가 이해해주라. 엄마가 굳이 자고 가겠대.

그날, 나는 찜질방에서 하룻밤을 보냈다. 밤새 네가 엄마와 무슨 이야기를 나누었는지, 나에 대해 어떤 말들을 주고받았는지는 전해듣지 못했다. 이런 일이 있을 때마다 내가 도망치듯 집을 비워주는 게 마땅한 일인지, 언제까지 이런 일이 반복될 것인지에 대해서도 따져 묻지 못했다. 어쨌든 앞으로는 각자 조금씩은 배려하자는 애매한 말로 그날의 일은 정리되었다.

영화가 끝나고 집에 오는 길에 우리는 조금 다투었다. 함께 저녁을 먹자는 그 언니의 제안을 물리친 게 문제였다.

저녁 먹는 게 뭐 그렇게 어려워? 딱 잘라 싫다고 말할 것까진 없잖아.

빗줄기가 차츰 거세지고 있었다. 너는 답답하다는 듯 가다 서고 가다 서며 계속 말했다. 차들이 아슬아슬하게 너를 비켜 갔다. 골목에서 튀어나온 오토바이가 사납게 경적을 울리며 지나가기도 했다.

너, 내 말 안 듣지?

내가 계속 대답이 없자 너는 그렇게 소리를 지르고는 앞서 걷기 시작했다. 하나뿐인 우산을 혼자 쓰고 있다는 것도 잊은 모양이었다. 비는 그치는가 싶다가도 계속 내렸다. 불빛이 어른거리는 환한 공중을 올려다보면 떨어지는 빗방울이 선명하게 보였다. 잠깐 편의점에 들러 우산을 사서 나와보니 너는 이미 가고 없었다.

며칠 동안 네가 계속 골이 나 있었으므로 한발 물러설 수밖에 없었다. 내가 고집을 부릴 상황도 아니었다. 어쨌든 그 집은 네 소유였으니까. 그렇다고 내가 그냥 얹혀사는 건 아니었다. 월세를 내고 생활비도 똑같이 부담했다. 그건 네가 처음 집으로 들어오라고 했을 때 합의한 사항이었다. 너는 넓고 쾌적한 집에 살 수 있고, 나는 월세를 받을 수 있으니 서로 좋은 게 아니냐고 졸라댄 건 너였다. 나는 그러자고 했다. 내가 부담하는 월세로는 이런 아파트에 살 수 없을 테고, 내가 월세를 내면 너에게도 보탬이 될 테니까. 그런데도 가끔씩은 여기가 네 집이고 내가 얹혀산다는 생각이 들 때가 있었다. 다시금 그런 생각이 들었고 그 생각을 떨치지 못하는 스스로가 못마땅했다. 아니, 누군가를 초대하고 말고 하는 일로 너와 신경전을 벌여야 하는 이 상황이 몹시 피곤하고 짜증스러웠다.

그 무렵 나는 언제 어디서나 눈만 감으면 잠이 들었다. 잠이 부족해서였다. 낮에는 도서관에서 살다시피 하며 논문을 썼고, 밤에는 격일로 방송국에서 일해야 했다. 당일 방영된 프로그램을 밤새도록 시청하고 아침까지 보고서를 작성해서 올리는 업무였다. 심의팀이라는 그럴듯한 부서명이 있었지만 세 명이 로테이션으로 밤을 지새워야 하는 중노동이었다.

보고서는 인터넷 댓글과 시청자 의견을 참조하여 의견을 보태는 수준에 불과했지만 지난 방송을 검토하고, 개선된 점과 문제점을 항목별로 정리하고, 시청자 게시판에 올라온 글들까지 살펴보다보면 멀미가 날 지경이었다. 나는 깨어나고 또 깨어나고 계속 깨어났다. 잠들지 말자, 중얼거리면서 또 잠이 드는 식이었다.

결국 졸음과 싸우는 게 밤새 내가 하는 일이었다.

잠들지 않으려면 커피도 마시고 스트레칭도 하고 서랍도 열어보고 거울도 봐야 하니까 책상에 놓인 이런저런 물건들을 자꾸 건드리게 됐다. 나는 방송국 소속이 아니었고 내가 앉은 자리도 내 책상이 아니었으므로 뭐든 조심해야 할 필요가 있었지만 밤새 졸음과 싸우고 나면 뭘 만졌는지, 어디에 뭐가 있었는지, 뭘 어디로 옮겨놨는지 까맣게 잊었다.

함부로 만지지 말 것. 모든 걸 제자리에 원래대로 해둘 것.

저녁 무렵 출근하면 모니터 화면에 새로운 포스트잇이 붙어 있었다. 그러다가 한번은 작정한 듯 아침 일찍 출근한 책상 주인이 직접 경고를 한 적도 있었다.

저기요. 제 물건 건드리지 말라고 말씀드렸는데요.

그 사람은 콘텐츠 기획팀의 막내 작가였다. 그 사람이 일 년짜리 계약직인 건 나중에 알았다. 그런 일이 있고 나서는 책상에 앉기 전에 휴대폰으로 사진을 찍어두는 버릇이 생겼다. 퇴근하기 직전에 사진을 확대해가며 뭐가 달라졌는지 살펴보는 거였다.

결국 사흘째 되는 날 나는 항복했다.

그래, 그럼 그러자. 초대해서 같이 저녁 먹자.

내 말이 끝나자마자 너는 내가 보는 앞에서 전화를 걸었다. 상냥하고 밝은 목소리가 수화기 너머에서 흘러나왔다. 그 언니였다. 어머, 정말이니, 일부러, 토요일, 너희들, 괜찮아, 터널 지나서, 꽃

집 앞에, 그런 말들이 흘러나왔고 네 표정이 차츰 밝아졌다.

근데 그 언니 어디서 만났다고 했지?

통화가 끝난 뒤 내가 물었고 네가 답했다.

그 언니? 무슨 모임에서 만났을걸?

무슨 모임인데?

너는 무슨 모임인지 기억이 나지 않는다고 했다가 이런저런 모임의 이름을 떠올리더니 방콕 이야기를 꺼냈다. 지난해 방콕 여행을 준비할 때 여행자 모임에 나간 적이 있다는 거였다.

아마 거기서 만났을 거야. 맞아, 거기야.

그 언니에 대해 구체적으로 아는 건 없어 보였다. 너는 사람을 만나는 데에 그런 정보가 중요하다고 생각하지 않는 사람이었다. 누굴 만나든 아무런 거리낌이 없었고 누구에게나 장점이 있고, 배울 점이 있다고 했다. 그런 세상 좋은 말을 하는 건 너희 엄마 덕분인지도 몰랐다. 너는 엄마의 전폭적인 지원과 보호 속에서 자랐으니까. 뭔가를 조심하고 주의할 필요가 없었는지도 모른다. 너희 엄마는 언제든 너의 실수나 잘못을 바로잡아줄 능력이 있는 사람이니까.

그렇다고 내 존재가 환영받는다는 의미는 아니었다.

한동안 너희 엄마는 나를 눌러사는 그애, 라고 불렀다. 네가 통화를 할 때면 너보다 너희 엄마 목소리가 더 크게 들렸는데 어느 순간부터 속 좋은 애, 라고 바뀌더니 나중에는 집도 절도 없는 애,

비위 좋은 애, 이상한 애, 라고 불렀고 개, 로 굳혔다. 더 심한 말을 할 때도 있었다. 어쨌든 언제 어느 때고 내가 나가주기만을 바랐고 어느 날부터는 불시에 불쑥불쑥 집으로 찾아왔다. 번호 키를 누르고 현관문을 열고 네 이름을 부르며 들이닥쳤다. 그래서 혼자 있을 땐 항상 걸쇠를 걸어놓을 수밖에 없었다. 번호 키 누르는 소리가 나면 재빨리 짐을 챙긴 다음 문을 여는 것과 동시에 외출하는 거였다.

나로선 버틸 수밖에 없었다. 버티는 게 아니라 기다리는 거였다. 언젠간 괜찮아지겠지, 조금은 편해지겠지, 그런 마음이었는데 나중엔 모든 걸 그러려니 하게 됐다. 어쨌든 지금은 이 집에서 너와 함께 살 수밖에 없고 그러려면 매사 심각해지지 않는 법을 배워야 했다.

그 언니 정말 좋은 사람이야, 진짜. 아는 것도 많고, 경험도 많고. 내가 우리 이야기 했을 때 언니가 뭐라고 했는지 말해줬지?

나는 생각난다는 의미로 고개를 끄덕였지만 전혀 기억나지 않았다. 더 묻고 싶은 마음도 없었다. 다 안다거나, 지지한다거나, 응원한다거나, 이해한다거나. 어디선가 한 번쯤 들어본 그런 말에 감동한 척 구는 것도 지겨웠다.

너는 그 언니 이야기에 열을 올리기 시작했다. 그 언니는 대학을 졸업하자마자 이름만 대면 알 만한 레스토랑에서 일했다고 했다. 이후 미국에서 몇 년간 요리를 배웠고 서른이 되기 전에 결혼

했는데, 몇 년 전 이혼을 한 뒤론 줄곧 혼자 지낸다고도 했다. 요즘에는 마을 도서관이나 교육센터에서 요리 강좌를 하고 요리 칼럼을 쓴다는 이야기가 이어졌다.

어디에 칼럼을 쓰는데?

그러나 내가 구체적으로 질문하면 너는 다시금 입을 다물어버렸다. 그러면서 그런 게 뭐가 중요하냐고, 가깝게 지내고 재미있게 잘 어울리면 좋은 게 아니냐는 식으로 화제를 돌리려고 했다.

방콕 모임이 아니고 동네 카페에서 열린 소규모 바리스타 수업이라고 정정해준 건 그 언니였다.

그때 왜 내 옆에 앉았잖아. 내가 몽키바나나 줬던 거 기억 안 나? 요만한 거.

두 사람이 사는 집에 꼭 가보고 싶다던 언니는 막상 당일이 되자 우리더러 자기네 동네로 오라고 했다. 몸이 아프거나 급한 일이 생긴 거면 다음으로 미뤄도 된다고 했는데 꼭 와줬으면 좋겠다고 고집을 부렸다. 잘 모르는 사람을 만나는 것도, 잘 모르는 곳에 가는 것도, 이런 일에 시간과 마음과 에너지를 쏟는 것도, 어떤 의미가 있을 거라고 기대하는 것도, 그런 척하는 것도 피곤하고 번거로웠지만 나는 너와 함께 집을 나섰다.

언니가 우리를 데려간 곳은 미술관 근처 작은 식당이었다. 초록색 나무문을 열자 열차 내부처럼 테이블이 일렬로 늘어서 있었다.

예약했어요. 세 명.

언니가 이름을 말했고 종업원이 자리를 안내했다. 따뜻한 식빵이 먼저 나왔고 와인과 요리가 함께 나왔다. 알록달록한 구운 채소 위에 뜨거운 치즈가 올라간 요리, 속을 파낸 호박 속에 새우와 조개, 오징어 같은 해산물을 넣고 졸인 요리. 버터에 구운 옥수수와 각종 콩을 볶은 요리. 나는 난생처음 보는 그 음식들을 아주 조금씩만 덜어 맛보았다. 출입문으로 사람들이 쉴새없이 드나들었고 창 너머로 대기 줄이 길어지기 시작했다. 뭐 이런 걸 먹겠다고 줄을 서나 싶었는데 기약도 없이 기다리는 사람들을 보고 있자니 언니에게 고마운 마음이 들었고 부담스럽기까지 했다.

가게에서 나왔을 땐 날이 저물어 있었다.

언니는 근처 카페로 우리를 이끌었다. 오래된 한옥을 개조한 곳이었는데 은은한 조명이 켜진 정원이 근사했다. 언니가 조용한 자리를 달라고 부탁했고 직원이 별채 거실로 우리를 안내했다. 좌식 테이블에 자리를 잡고 앉자 정원이 한눈에 들어왔다. 자그마한 연못과 물레방아, 만개한 연꽃이 바로 내려다보였다.

그럼 요즘에는 무슨 일을 해요?

떡과 한과를 내 쪽으로 밀어주며 언니가 묻고 내가 답했다.

요즘엔 알바만 하고 있어요. 밤에요. 일주일에 서너 번 정도요.

밤에? 밤을 새우는 거예요? 어떡하니. 너무 피곤하겠다.

처음엔 힘들었는데 지금은 괜찮아요.

괜찮긴. 창창한 이십대도 아니고 이제 삼십대인데 몸 관리해야지. 하긴 또 돈을 안 벌 수는 없으니까. 요즘 젊은 친구들 보면 진짜 짠해. 요즘은 제대로 된 직장 구하기가 너무 어렵잖아. 스펙이니 경력이니 대단한 친구들도 너무 많고.

내가 한 마디를 하면 언니가 두 마디, 세 마디를 했다. 누구나 할 법한 이야기이고 틀린 말이 아닌데도 듣다보면 묘하게 기분이 상했고 뭔가 말을 하는 게 점점 더 어려워졌다. 대화는 적당한 속도로 차분하게 앞으로 나아가다가도 덜컹거리며 엉뚱한 방향으로 이어졌고 매번 막다른 길에 다다랐다.

그런 나와는 무관하게 너는 즐거워 보였다. 언니와 너는 공통의 화제를 입에 올렸고 주거니 받거니 숨을 불어넣으며 대화를 점점 더 크게 부풀렸다. 내게는 모두 실체도, 무게도 없는 너무나 가벼운 말처럼 느껴졌다. 대화는 공중으로 높이 떠오르고 금방이라도 터져버릴 것 같았다. 나는 내내 느리게 돌아가는 물레방아에 시선을 두고 있었다.

집에 가서 맥주 딱 한 잔만 하고 갈래? 그래도 돼?

찻집에서 나왔을 때가 열시였다. 나는 그만 돌아가고 싶었다. 너는 그럴 마음이 없어 보였다. 딱 한 시간만, 하면서 사정하다가 삼십 분만, 했고 잠깐만 앉았다가 나오자며 팔짱을 꼈다. 나는 거의 끌려가다시피 그 언니 집에 갔다. 완만한 언덕을 반쯤 올라가자 널찍한 공원이 나왔고 공원을 지나자 조그마한 슈퍼가 나왔다. 슈퍼 바로 뒷집이 언니가 사는 집이었다.

대문을 열고 들어가자 아담한 기역자 가옥이 나왔다. 가장 먼저 눈에 들어온 건 마당에 놓인 나무 테이블이었다. 나는 거기 앉았다.

언니가 직접 다 꾸민 거예요? 우리도 나중에 이런 마당 있는 집에서 살면 좋겠다, 그지?

여기저기를 둘러보며 네가 감탄을 할 때마다 나는 잠자코 고개만 끄덕였다.

미닫이문을 열고 거실로 들어간 언니가 캔맥주를 꺼내왔다. 열린 문 너머로 집안이 그대로 들여다보였다. 거실을 사이에 두고 두 개의 방이 마주보는 구조였고, 주방 옆에 욕실이 딸려 있었다. 리모델링을 했는지 내부는 말끔했고 전반적으로 공을 많이 들인 느낌이 났다. 그렇지만 가구와 물건이 지나치게 많아서 집이 비좁아 보였다.

엄마야? 언제 왔어?

갑자기 방문이 열리더니 졸린 목소리가 흘러나왔다. 방문 틈으로 동그랗고 까만 머리통이 보였다가 말다가 했다.

응, 엄마 왔지. 얼른 자. 내일 일찍 학교 가야 하잖아.

테이블 위를 정리하던 언니가 대수롭지 않은 듯 대꾸했다.

엄마는?

엄마도 잘 거야. 엄마 친구들 왔거든. 조금만 이야기하다가 금방 갈게.

알았어. 그럼 나 먼저 잔다.

문이 닫히는 소리가 났고 한동안 우리는 가만히 입을 다물고 있었다. 아이가 잠이 들 때까지 기다리는 거였다. 한참 만에 언니는 아이가 자신의 딸이라고 했다. 이제 초등학교 3학년이 되었다고 했고, 작은 소리에도 귀신같이 깬다며 웃었다. 며칠 전 상장을 받아왔다는 이야기를 꺼내며 휴대폰을 열어 사진을 보여주기도 했다. 그러다가 결심한 듯 전남편이 양육비를 주다가 말다가 한다는 이야기를 꺼낸 뒤에는 분위기가 가라앉기 시작했다. 월세를 감당하기가 버거워서 이사갈 집을 알아보는 중이라는 사정까지 듣고 나자 어떤 말을 해야 할지 알 수 없는 기분이 되었다.

나로선 궁금하지도 않고 어떻게 반응해야 할지 알 수도 없는 이야기들이었다.

근데 너희 둘은 어떻게 만난 거야?

문득 언니가 물었다. 네가 맥주 두 캔을 비우고 다시 한 캔을 따고 있을 때였다.

도대체 둘이 어떻게 알아본 거야? 그냥 알아봐지는 건가? 알아보는 방법이 있어?

취기가 오른 네가 재미있다는 듯 웃어 보이자 또다른 질문을 했다.

같이 살자는 이야기는 누가 먼저 했어? 언제부터 같이 산 거야, 둘이?

네가 대답할 말을 고르는 그 잠깐을 참지 못하고, 언니는 나와 눈을 맞추고 나서는 또다른 질문을 쏟아냈다.

같이 산다고 부모님께 말씀드렸어? 아직 자세한 건 모르시지? 그런 이야기까지 하지는 않았을 거잖아.

너와 나 둘 다 이렇다 할 대답을 하지 않았는데 언니는 또 불쑥 혼잣말을 했다.

그래, 쉬운 일이 아니지. 그런 거 생각하면 너희도 속상하겠다. 사는 게 다 왜 이러니, 그지?

주어와 목적어가 빠진 말들이어서 뭐가 쉬운 일이 아니고 누가 속상하다는 건지 짐작하기 어려웠다. 나는 등받이가 헐거운 의자를 딸깍딸깍 젖히며 맥주를 마셨다. 몸을 움직일 때마다 딸깍거리는 소리가 커졌고, 당장이라도 힘을 주면 의자가 망가질 것 같았다.

고개를 들면 언니의 표정과 눈빛이 마주보였다. 그게 호의든, 배려든, 친절이든, 호기심이든 뭐든 지나치다는 생각이 들었고, 모욕을 당한 것처럼 불쾌했다. 그럼에도 나는 내색하지 않으려고 최선을 다했다. 그날 하루 동안의 내 시간을 망치고 싶지 않아서였다.

네가 맥주 세 캔을 비우자마자 나는 몸을 일으키고 그만 가봐야겠다고 말했다. 언니가 무슨 말인가를 하려는 듯 보였지만 그대로 집을 나왔다. 꾸물거리며 따라나오던 네 손에 들려 있던 건 몽키바나나와 참외, 식탁보와 나뭇잎 모양의 간장종지 두 개였다.

이후 나는 그날의 이야기를 입에 올리지 않았다.

며칠이 지나도록 불쾌감은 가시지 않았고 그날을 떠올리는 것만으로도 화가 치밀었다. 알고 그런 거면 나쁘다는 생각, 모르고 그런 거면 더 나쁘다는 생각이 들었지만 그런 말을 입 밖으로 꺼내진 않았다. 너는 언니와 계속 연락을 주고받는 모양이었다. 나는 모른 척했다. 초대를 받았으니 초대를 해야 하는 게 예의라고 네가 넌지시 나를 떠볼 때도 잠자코 있었다.

그냥 내가 없을 때 초대하면 되잖아.

한번은 너무한다 싶어서 그렇게 소리쳤는데 네가 말했다.

나 혼자 만날 사람은 많아. 혼자서 만날 사람은 차고 넘친다고.

그럼에도 분이 풀리지 않는지 너는 한번 더 말했다.

야, 여긴 내 집이잖아. 내가 누굴 초대하든 말든 네가 뭔데 싫다 좋다 난리인 건데, 맨날. 아, 진짜 짜증나서!

화가 나서 하는 말이고 분에 못 이겨 내지른 소리라고 생각했지만 그 말은 오래도록 내 안에 남았다. 처음엔 화가 났던 것이 이내 섭섭함과 서운함으로 바뀌었다. 잘 알지도 못하는 언니를 초대하고 말고 하는 문제로 네가 그런 말을 했다는 사실, 반박할 수 없는 지금의 상황, 너와 나의 까마득한 입장 차 같은 것이 비로소 실감이 난 것이었다.

결국 며칠 후 네가 다시 그 이야기를 꺼냈을 때엔 네가 좋은 대로 하자고 말할 수밖에 없었다.

그날은 아침부터 비가 왔다. 돌풍을 동반한 폭우가 쏟아질 거라는 예보가 있었지만 오전이 되자 빗줄기가 가늘어졌다. 언니는 정오를 조금 넘기고서야 출발한다는 메시지를 남겼다. 짐이 많다고 해서 버스 정류장에 나갔더니 양손 가득 뭔가를 잔뜩 들고 있었다.

이리 주세요. 제가 들게요.

내가 하나를 받아들었다.

여기도 많이 변했네. 겨우 몇 정거장 거리인데 가게들이 엄청 많아진 거 같아. 시끄럽진 않아요?

우리가 사는 아파트를 중심으로 동심원처럼 작고 예쁜 가게들이 퍼져나가는 중이었다. 종일 멀쩡한 가게를 뜯고 부수는 소리가 거리를 채웠다. 언니는 큰일이라고 혀를 찼고 몇 마디를 더 했다. 우산을 쓴데다 이러저리 오가는 사람들을 피해 걸어야 했으므로 언니의 말을 제대로 알아듣진 못했다.

언니가 말을 그친 건 내가 아파트 단지 안으로 들어섰을 때였다. 언니는 관리실이 내다보이는 입구에 멈춰 섰고 앞서가는 나를 지켜보다가 큰 소리로 물었다.

여기 길이 있어요? 여긴 아파트 단지라 막혔을 텐데.

다 왔어요. 바로 여기예요. 109동이요.

언니의 얼굴에 잠시 난처한 표정이 떠올랐다. 경비실을 지나 함께 엘리베이터에 오른 뒤에야 언니는 혼잣말처럼 중얼거렸다.

나는 두 사람이 이 아파트 이름을 자꾸 말하기에 부근인 줄 알

왔지. 여기인 줄은 몰랐네. 정말 생각도 못했네.

와인 한 병, 원두 한 봉지, 호두파이, 시금치를 넣어 만든 식빵, 오이 피클 한 통. 언니가 사온 물건들을 하나씩 꺼내며 너는 정말 좋아했다. 대부분 집에 있는 것들이었고 매달 너희 엄마가 보내주는 돈으로 얼마든지 구입할 수 있는 것들이었다. 그러니까 너는 우리가 사는 집에 다른 누군가가 왔다는 사실에 고무된 거였다. 안 된다, 아니다, 잘못됐다, 적대적이고 부정적으로 말하는 사람이 아니고 다 안다, 괜찮다, 이해한다, 호의적이고 따뜻한 말을 할 준비가 되어 있는 사람을 초대한 것이 즐거운 거였다.

요리는 내가 했다. 요리라고 할 것도 없었다. 미리 사둔 고기가 신선해서 적당히 굽기만 하면 됐다. 나는 그릴에 고기를 올려 격자무늬를 내고 오븐에 넣었다. 아스파라거스를 데쳐 토마토, 마늘과 함께 구웠다. 감자를 씻을 때 보니 너는 그 언니와 소파에 나란히 앉아 있었다.

집에 책이 많네.

걔 요즘 논문 쓰잖아요.

논문? 무슨 논문? 알바 한다고 안 했어?

알바야 늘 하죠. 석사 졸업해도 알바는 계속해야 할걸요. 그지?

나는 그럴 것 같다고 얼버무렸다. 말하고 보니 정말 그래야 할 것 같아서 울적한 마음이 들었다. 나는 커다란 접시에 고기 한 덩이와 아스파라거스 두 개, 감자 한 알과 통마늘 서너 개를 담고,

네모난 볼에 구운 토마토와 빵을 담았다. 너와 내가 주방을 등지며 나란히 앉고 언니가 맞은편에 앉았다.

그릇이 특이하네.

언니는 음식이 담긴 그릇을 찬찬히 살폈다. 그런 후에는 칼과 포크, 스푼의 생김새를 관찰하는 데에 정신이 팔린 듯 보였다.

예전에 독일에 있는 친구가 선물해준 거예요.

나는 음식이 담긴 접시를 언니 쪽으로 밀어주며 그렇게 답했다.

독일? 이거 지혜가 준 거 아냐? 지혜는 독일 아니고 프랑스에 있었잖아. 프랑스 완전 시골.

네가 그렇게 말하는 바람에 우리는 그것에 관한 이야기를 조금 더 했다. 서로의 기억을 끄집어내고 이리저리 맞춰보고 누구의 기억이 정확한지 찾아내는 거였다. 언니에게 정확한 정보를 말하고 싶은 네 마음을 모르지 않았으니까, 나는 최선을 다해야겠다고 생각했고 정말 그렇게 했다.

그래서 그날의 대화는 계속 그런 식으로 이어졌다.

아냐, 그거 아니라니까. 그건 일 년 전이잖아. 너 일본에 가기 전에.

네가 끼어들면 다시금 기억을 뒤지고 그때의 일들을 하나씩 꺼내봐야 했다. 그러면 굳이 말할 필요가 없는 사정과 상황을 보태게 됐다. 그리고 몇 년간 단전호흡센터를 꾸준히 다니고 있다는 이야기를 하던 네가 불쑥 물었다.

근데 그 센터 알려준 게 누구였지?

나는 아몬드를 만지작거리며 대답했다.

부동산 아줌마 아니었어? 너희 엄마가 그 아줌마한테 들었다고 했잖아.

이 아파트 중개해준 사람? 아냐, 센터 다닌 건 여기로 이사오기 전이었어. 그때, 한창 집을 사네 마네, 하고 있을 때잖아.

센터 처음 간 게 가을이잖아.

넌 맨날 그러더라. 그건 봄이고, 이사를 가을에 한 거잖아.

딱히 중요한 것도 아닌데 얘기를 하다보니 오기가 났다. 네 머릿속에선 도대체 무슨 일이 벌어지고 있는 걸까. 제대로 기억하고 있는 게 하나도 없었다. 나는 네가 아파트를 매매한 게 가을이고, 센터에 처음 간 게 이듬해 봄이라고 정정했다. 너의 반박이 이어졌고 티격태격하고 있을 때 언니가 포크로 가볍게 접시를 때렸다.

그래, 그렇다고 해. 그런 게 뭐 중요하니.

고기에서 빠져나온 육즙이 기름과 섞여 굳어가는 중이었다. 고기에 거의 손을 대지 않은 모양이었다. 베어먹은 아스파라거스 꼭지와 제멋대로 으깨놓은 감자, 토마토 같은 것들이 접시 끝에서 지저분하게 말라가고 있었다.

데워드릴까요? 아님 뭐 다른 걸 더 드실래요?

내가 물었고 언니는 화장실에 다녀오겠다며 자리를 떴다. 한참만에 화장실에서 나온 언니는 곧장 베란다 쪽으로 다가갔다.

베란다가 크다. 이런 데 살면 정말 편하겠어. 집주인이니 때마다 이사 다닐 필요도 없고 걱정할 게 없겠네, 두 사람은.

식사를 끝내고 호두파이와 멜론, 포도와 쿠키 같은 디저트를 맛보는 동안에도 언니는 별다른 말이 없었다. 대화를 나누는 우리를 물끄러미 바라보다가 우리 너머에 있는 싱크대나 벽지, 조명과 러그 같은 것들에서 좀처럼 눈을 떼지 못했다.

어머니가 사주신 거랬지? 이 집 말이야.

언니는 마지못해 멜론 한 조각을 집었다가 그대로 내려놓으며 물었다.

멜론은 너무 물러서 아무런 맛이 없었다. 물컹한 멜론의 상태를 살피느라 네가 이렇다 할 대답을 하지 않았는데도 언니는 한마디 더 했다.

두 사람 사는 데는 정말 문제없겠다. 걱정할 게 없겠어.

그런 다음 별다른 설명 없이 그만 가봐야겠다며 가방을 챙겼고 그대로 집을 나가버렸다. 만류할 틈도 없었다. 현관문 닫히는 소리가 났고 한동안은 너도 나도 말이 없었다.

저 고기 언제 산 거야?

내내 베란다 창 쪽을 내다보던 네가 말했다.

내가 남은 호두파이와 멜론을 먹고 있을 때였다. 너는 하필이면 맛도 없고 질긴데다 비싸기만 한 고기를 왜 저렇게 많이 산 거냐고 물었다. 처음엔 장난인가 싶었는데 따져 묻는 듯 언성이 높아졌다. 그건 네 신용카드로 어제 구입한 거였다. 엄밀히 말하면 너희 엄마의 신용카드. 나도 할말이 없는 건 아니었다. 알아서 괜찮은 걸 사오라고 한 건 너였다. 적당한 거, 괜찮은 거. 심부름 시키듯 신용카드를 건네줄 때마다 입버릇처럼 네가 하는 말이었다.

왜 나한테 화풀이야?

내가 말했고 그게 네 마음에 불을 붙였다.

화풀이라니? 이게 화풀이로 보여?

그 언니는 그냥 궁금해서 와본 거야. 이해니 뭐니 그런 게 진짜라고 생각해? 그 사람은 아무것도 몰라. 격려니 응원이니 그거 다 그냥 하는 말이라고.

그 언니가 사온 호두파이는 끔찍하게 달았다. 나는 견디듯 입에 한 움큼씩 파이를 떠넣으며 계속 말했다. 도대체 이해니 격려니 그런 것에 왜 목숨을 거냐고. 그런 말이 더 역겹고 짜증난다고. 너는 내 손에서 포크를 빼앗고 파이를 통째로 개수대에 처넣으며 소리쳤다.

진짜고 뭐고 그게 무슨 상관이야. 진짜가 아니면 뭐 어때서. 내가 좋으면 된 거지. 내가 그런 것도 모르는 바보 등신인 줄 아니?

그날 이후 우리는 자주 싸웠다. 불똥은 예상 못한 방향으로 튀고 매번 무섭게 타올랐다. 원래도 가끔 싸웠지만 더 자주 싸웠고 더 심하게 싸웠다. 그러고 나면 마음이 아무는 데 아주 오랜 시간이 걸렸다.

결국 우리는 헤어졌다.

그만 나가겠다고 말했을 때 너는 어이없어하다가 눈물을 보였고 화를 냈다. 자신이 뭘 잘못했느냐는 거였다. 나만큼 너를 배려하고 이해하고 도움을 준 사람이 어디 있느냐는 악다구니가 이어졌다. 너에게 나는 연인도 아니고, 가족도 아니고, 월세를 내는 세입자조차도 아닌 그저 네 도움을 필요로 하는 사람일 뿐이었다. 그렇게 생각하면 너를 좋아했고 너와 함께하고 싶었던 마음 같은 건 너무나 철없고 보잘것없는 것처럼 느껴졌다.

낮에는 도서관에 가는 대신 종일 집을 보러 다녔다. 사진으로는 그럴듯해 보이던 집들은 막상 가면 볼품이 없었다. 벽지가 더러운 건 기본이고 반듯해야 하는 벽이 묘하게 기울어진 집도 있었다. 삼각형이나 잘못 그린 오각형 같은 방도 여럿 봤다.

아, 이거요. 괜찮아요. 크게 신경쓰실 필요 없어요.

내가 신발장 뒤로 피어오르는 곰팡이의 존재나 망가진 샤워 꼭지, 허술한 방범창과 방충망 같은 걸 보고 있으면 다들 꼭 같은 말을 했다. 이 사람들이 작정하고 날 속이려는 게 아닌가 하는 생각이 들었고, 그럴수록 신경이 곤두서고 예민해졌다. 그러면 이전까지는 보이지도 않던, 굳이 볼 필요가 없는 것들까지 너무나 또렷하게 보였다.

한번은 정말 괜찮은 집이 나왔다는 연락을 받고 간 적이 있다. 일층 가게 옆 작은 쪽문을 열자 파란 철제 계단이 나타났다. 회오

리 모양의 작고 좁은 계단을 오르자 세탁기와 싱크대가 놓인 주방 겸 다용도실이 나왔고, 다시 계단을 몇 개 오르자 겨우 잠을 잘 수 있을 크기의 방이 나왔고, 다시 계단이 보였다.

저 위는 뭐예요?

그렇게 물었더니 드레스룸이라는 대답이 돌아왔다.

드레스룸요?

삼 년째 그 집에 살고 있다는 남자는 이렇게 고쳐 말했다.

옷방이요, 옷방. 제가 옷이 많거든요.

드레스룸 위층은 옥상이어서 빨래 널기도 좋고 날씨가 좋은 날엔 삼겹살 파티를 해도 좋다는 설명이 이어졌다. 남자는 건물 전체를 혼자 통째로 쓰는 것이나 다름없다고 말했고, 이 가격에 방 세 개짜리 집은 구하기 어렵다고 잘라 말했다. 내가 보기엔 방이 아니라 죄다 굴처럼 보였다.

아직 잘 모르셔서 그러시는데요. 그 돈으로 이 동네 집 못 구해요.

남자는 시큰둥한 내 반응을 이해할 수 없다는 듯 중얼거렸다.

정말 그랬다. 너희 집으로 들어온 게 겨우 이 년 전인데 보증금과 월세는 또 올라 있었다. 내가 뭘 하든 그것들은 쉬지도 지치지도 않고 오르고 또 오르는 중이었다.

조금 더 먼 동네의 시세를 살피고, 집을 보고, 꼼꼼하게 이사를 준비할 상황이 아니어서 결국 근처에 임시로 작은 원룸을 얻었다. 책과 프린터, 옷가지와 이불 같은 짐들을 택배로 보냈더니 막상 나오는 날엔 짐이 별로 없었다. 짐을 다 넣고 나니 원룸은 겨우 발을 뻗고 누울 공간만 남았다. 한밤에 불을 끄고 누우면 조그마한 상자 안에 갇힌 기분이 들었고, 누군가가 상자를 와락 구겨서 버릴지 모른다는 공포가 덮쳐오곤 했다.

그리고 몇 달 뒤 나는 그 언니를 다시 만났다.

버스 정류장 벤치에 앉아 신발 밑창을 뒤집어보고 있을 때였다. 은행 열매를 밟았는지 악취가 진동했다. 나는 신발을 벗어 소리나게 탁탁 터는 중이었다.

어머, 우리 너무 오랜만이다. 잘 지냈어요?

아는 언니였다. 해가 지고 있었다. 강렬한 햇살 탓에 그 사람이 누군지 한번에 알아볼 수 없었다. 나는 담백하게 인사했고 묻는 말에 간략하게 답했다. 그만 가줬으면 싶었지만 언니는 그럴 마음이 없어 보였다. 대화는 자연스럽게 너에게로 향했다.

요즘은 통 못 봤네. 두 사람 다 바쁜가봐.

나는 다른 쪽 신발을 벗어 바닥에 탁탁 털었다. 밑창이 나달나달했다. 그건 언젠가 네가 선물한 러닝화였다. 아낀다고 신은 적도 몇 번 없는 것 같은데 거의 버려야 할 지경이었다.

하긴 일 없는 것보다야 바쁜 게 좋지. 그래도 둘이잖아. 서로 의지도 되고 얼마나 좋아.

나는 신발을 제대로 신고 몸을 일으켰다. 버스는 오지 않고 지하철역은 걷기엔 먼 거리였다. 계속 거기 앉아 언니와 대화를 나눌 자신도 없었다. 눈이 따끔거렸고 어깨가 내려앉는 듯 피곤했다. 한참 만에 내가 가려는 채비를 하자 언니가 말했다.

잊지 말고 안부 전해줘. 건강 잘 챙기고. 두 사람 내가 항상 응원하는 거 잊지 말고.

뭘요?

뭘 응원하느냐는 의미였는데 언니는 알아듣지 못한 것 같았다. 그게 뭐든 바란 적도 없고, 원한 적도 없다는 말은 하지 못했다. 언니는 물끄러미 나와 눈을 맞추며 한마디 더 했다.

내 마음은 그래. 늘 두 사람 잘 지냈으면 좋겠다고 생각한다니까. 오래오래 사이좋게 지금처럼. 둘은 특별하잖아. 그렇게 만나는 게 쉬운 일도 아니고. 어디 가서 또 그런 사람을 만나겠어.

도대체 우리를 왜 그렇게 특별하게 여기는 건지 따져 묻고 싶었지만 참았다. 어차피 다 끝난 일이었으니까. 그렇게 특별했다면 너와 내가 이토록 빠르고 간단하게 헤어질 수 없었을 테니까.

그러니까 너와 나는 아는 언니가 말하는 그런 사이가 아니고, 고작 그 언니 때문에 헤어질 수 있는, 남들과 다를 바 없는, 흔하고 흔해빠진 연인이었다.

팔복광장

우리는 그 집에서 이 년 팔 개월을 살았다.

한 층에 한 가구씩 네 가구가 거주하는 사층짜리 빌라였고 우리가 살던 집은 삼층이었다. 48.2제곱미터. 크기가 비슷한 방 두 개 사이에 주방 겸 거실이 있고 화장실이 있었다. 지하철역에서 걸어서 십오 분, 마을버스를 타면 네 정거장 거리였다. 지구대를 지나면서부터는 오르막이 시작되었으므로 비가 오거나 눈이 오거나 몹시 무더운 날에는 시간이 조금 더 걸리는 편이었다.

여름에는 밤낮으로 출입문을 열어놓고 가게 앞에 나와 있는 사람들 덕분에 지루하거나 위험하지 않았다. 문제는 겨울이었다. 해는 짧아지고 밤은 점점 길어져서 오르막을 오르다가 문득 고개를 들면 꼭대기에서 어둠이 곧장 덮쳐오는 게 실감이 날 정도였다.

집이 가까워질수록 주변은 점점 더 어두워졌고 담벼락 여기저기 센서등과 보안등, 반사경 같은 것들이 설치되어 있었지만 안심이 되지는 않았다.

그렇다고 해서 우리가 내내 불안에 떨며 살았던 것은 아니다. 더위나 추위, 어둠 같은 것들이 한번 고이고 나면 좀처럼 빠져나가지 않는 그 동네에 익숙해지기까지 예상보다 긴 시간이 필요했을 뿐 무섭다거나 두렵다는 생각을 자주 하지는 않았다.

우리가 살기 전 그 집엔 세 사람이 살았다. 할머니와 딸, 그리고 그 딸이 낳은 딸. 처음 집을 보러 갔을 땐 할머니가 손녀를 돌보는 중이었다.

저기 보이죠? 저 앞에 공사장. 지금은 공사가 멈췄는데 저기 광장이 들어와요. 원래 주차장이 있던 자리인데 마트가 들어온다느니 쇼핑몰을 올린다느니 말만 많았지. 근데 저 땅을 작년인가 시에서 샀다네. 앞으론 시에서 책임지고 한대요. 그러니 믿을 만하지. 그렇잖아요.

할머니는 소파에 누운 두세 살쯤 된 아이를 향해 고개를 까딱까딱하며 말했다. 아이는 목을 제대로 가누지 못했다. 누운 채로 우리 쪽을 바라보다가도 반대쪽으로 고개가 젖혀지면 두 눈의 초점이 비스듬히 어긋났고 어디를 보는지 알 수 없었다. 아이는 칭얼거리고 울먹이다가 결국 울음을 터뜨렸다. 너와 나, 중개인과 할머니까지 네 사람이 거실 창에 붙어서서 밖을 내다보고 있을 때였다.

봐요. 아니, 여기 서서 한번 보라니까. 전망 괜찮죠? 우리도 이 집 와서 좋은 일 많았어. 재가 돌 지날 때까지 저렇게 혼자 누워 있지도 못했어요. 지금은 그런 게 어딨어. 저만한 것도 고맙지. 재 병원만 가까우면 우리도 당장 이사할 생각 안 했을 거야. 하루이틀도 아니고 병원 왔다갔다하는 게 너무 힘들어서 그래.

어머, 그러시구나. 사실 이 주변에 이만한 집 찾기 어렵죠. 두 분 사시긴 딱이지, 안 그래요? 운동 삼아 걸으면 체육센터도 금방이지, 저 아래 시장도 있지, 좀더 걸어가면 은행이니 우체국이니 다 모여 있지, 광장까지 생기면 살기 더 괜찮아지는 거지. 요 너머에도 공원 들어오고 얼마나 좋아졌는데요.

아이의 울음소리를 이기려는 듯 할머니의 목소리는 점점 커졌고 나중엔 중개인과 서로 소리를 지르다시피 대화를 나누었다. 거실 창은 크고 넓었다. 앞을 가로막은 건물이 없어서 바깥이 그대로 내다보였다. 가파른 경사로를 따라 고만고만한 높이의 건물들이 비슷비슷한 빛깔과 분위기를 머금고 오밀조밀 동네를 이룬 모습은 소박하고, 정겨워 보이기도 했지만 전망이라고 부를 정도는 아니었다.

광장 부지는 오르막이 잠깐 멈추는 곳에 있었다.

숨가쁘게 이어지던 직선 경사로에 누군가가 칼집을 넣고 편평하게 공간을 만들어놓은 것 같았다. 그러나 광장을 조성한다고 하기엔 터무니없이 협소했고, 녹이 슬고 구부러진 공사 가림막에서는 공사 재개의 아주 작은 기미도 발견할 수 없었다.

그럼에도 우리는 그날 계약금을 걸었고 삼 주 뒤 이사하기로 했다. 하루라도 빨리 이사하고 싶다는 할머니의 부탁 때문이었고 꽤 쫓기는 일정이었는데도 너는 흔쾌히 그러겠다고 했다. 내 의사는 거의 반영되지 않은 결정이었다.

너무 급하지 않을까?

그 집에서 나와 내리막길을 내려갈 때 내가 물었다.

어차피 이사할 거잖아. 조금 빨리 한다고 생각하자. 집도 그만하면 깨끗하고 전망도 좋고, 광장 생기면 더 좋아질 거야.

중개인이 알려준 지름길은 해가 거의 들지 않는 응달이었다. 폭이 좁고 높낮이가 들쭉날쭉한 계단을 디디며 내려설 때마다 발끝에 힘을 주어야 했다.

진짜 그렇게 생각해? 좋아질 거라고?

내가 묻고 네가 답했다.

이만하면 나쁘지 않잖아. 마을버스도 다니고 지하철역도 가깝고.

솔직히 그렇게 가까운 건 아니다.

너는 지구대 앞에 이르러서야 나를 달래듯 부드럽게 말했다.

여름에 광장 가서 맥주 마시자. 산책도 하고 낮잠도 자고 책도 읽고. 체육센터 가서 헬스도 하자. 뭐든 하자.

나는 그러자고 말할 수밖에 없었다.

광장이라는 말에 설득된 듯 굴었지만 대안이 없다는 걸 나도 모르지 않았다. 지도를 들여다보며 살고 싶은 동네를 고르고, 구체적인 전월세 가격을 확인하다보면 정말 살고 싶은 곳으로부터 동심원처럼 계속 밀려나게 된다는 것도 모르지 않았다. 두 사람이 쾌적하게 살 집을 구하기엔 가진 돈이 턱없이 부족하고 그래서 집에서 필요한 모든 것들을 가능한 한 집밖에서 구하고 얻으려는 네 마음도 모르지 않았다.

우리는 6월 5일에 이사했다.

현충일을 앞둔 목요일이었고, 금, 토, 일, 내리 사흘을 쉴 수 있었다. 내 짐을 실은 트럭이 오전에 왔고 정오가 지나 네 짐을 실은 트럭이 도착했다. 빼곡하게 짐을 실은 트럭이 좁고 가팔라지는 길을 한참 올라와야 했으므로 트럭 조수석에서 내리는 네 얼굴에는 나와 비슷한 피로와 긴장한 기색이 역력했다.

이사 잘하세요. 앞으로 좋은 일 많이 있을 거예요.

그날 처음 본 할머니의 딸은 도어록 비밀번호를 알려주며 그렇게 인사했다. 나는 그 말을 네게 꼭 전할 생각이었다. 그러고 싶었고 그러려고 했다. 그러나 세 식구의 짐이 빠져나간 텅 빈 집 내부는 못 보던 얼룩과 지저분한 자국 같은 것들로 어수선했고 이사업체 사람들 틈에서 이런저런 짐들을 나르고 옮기는 동안에는 잠깐씩 그 생각을 잊었다. 네가 가져온 서랍장과 철제 행거는 도대체 이렇게 클 필요가 있나 싶을 정도여서 마땅히 둘 곳이 없었고, 내가 가져온 벤치 의자와 커피머신도 알맞다 싶은 자리를 찾기 어려웠다. 용도와 쓸모에 맞게, 보기에 좋고 쓰기도 좋게, 공간의 낭비가 없도록 물건을 배치하는 데에 점점 더 골몰하다가 이사가 끝날 무렵에는 그 생각을 완전히 잊어버린 게 틀림없었다.

광장 공사는 가을이 시작될 즈음 재개됐다.

그것이 이사 후 우리에게 처음으로 일어난 좋은 일이었다. 어느 날 아침에 나가보니 거실 창 너머로 공사 가림막을 조금 더 높게 설치하는 사람들이 보였다.

이제 되나보다!

너는 전기포트에 물을 올리다가, 냉장고에서 오이나 파프리카 같은 것을 꺼내다가, 쪼그리고 앉아 쓰레기봉투의 매듭을 묶다가 생각났다는 듯 창밖을 내다보곤 했다. 그럴 때면 우리집 앞마당에서 진행중인 공사를 지켜보는 사람처럼 골똘했고 심각했으며 또 얼마간 벅찬 표정이 되었다. 그러면 나도 조금은 들뜬 기분으로 그곳을 내다보게 되었다.

하지만 우리가 시도 때도 없이 창에 붙어서서 그곳을 감시하듯 지켜본 건 아니었다. 우리는 그 광장의 존재를 자주 잊었다. 아니, 거의 잊고 지낸 것이나 다름없었다. 둘 중 하나가 창 너머에서 공사중인 광장을 발견하면 몹시 궁금했던 사람들처럼 나란히 서서 그곳을 내다보았지만 광장은 있으면 좋고 또 없어도 괜찮은 어떤 것에 불과했다.

다만 내가 궁금했던 건 네 상상 속에 있는 광장의 모습이었다.

가을이 지나고 겨울이 오는 동안 나는 네 머릿속에 있는 광장의 모습을 구체적으로 그려보고, 내가 상상한 그것과 맞춰보고, 겹쳐 놓으며 비슷하게 일치시키는 데에 대부분의 시간을 할애했다.

위치가 좀 생뚱맞지 않아?

내가 물으면 네가 답했다.

왜 좋은데. 외국엔 언덕 위에 있는 광장 많아.

저긴 너무 좁을 것 같아.

크면 뭐해. 시끄럽고 붐비기나 하지. 그냥 커피 마시고 이야기 하고 산책할 정도면 돼. 다른 건 필요 없어.

너는 오래전 네가 갔었던 외국의 광장들을 이야기하기도 했다. 그 당시의 날씨와 풍경, 햇살과 바람 같은 세부를 구체적으로 설명할 때도 있었다.

대학을 졸업하고 몇 달씩 길게 여행을 하며 남은 이십대를 보냈다고 네가 말한 적이 있었다. 가본 곳이 너무 많았기 때문에 건물이나 도로의 이름은 정확하게 기억하면서도 막상 국가명을 말할 때 너는 종종 주저하는 표정이 되었다.

관광이나 휴양이 아니라 여행이었다는 것에 자부심이 있었고, 그런 여행을 통해 삶에 대해 소박하고 단순한 태도를 갖게 된 것을 너는 자랑처럼 말하곤 했지만, 내가 보기에 그건 여행이 아니라 고된 훈련이나 극기 체험처럼 느껴졌다. 그래서 단 한 번도 부럽다거나 좋았겠다거나 하는 흔히 건넬 법한 그런 말은 해본 적이 없었다.

그럼에도 나는 그 광장에 너와 있게 될 거라고 생각했다.

창가에 서면 바로 내다보이는 저 광장에서 다가올 봄과 여름, 가을과 겨울을 함께 맞이할 거라고 믿었다. 시간이 더 지나면 이곳보다는 조금 더 넓고 환한 집에서 그때 우리가 그 광장이 완성되는 과정을 지켜보았다고, 추억하게 될 날이 올 거라고 여겼다. 아직 우리에게 과거라고 할 만한 게 없던 때였다. 우리가 가진 것이라곤 과거도, 현재도 아니고 오로지 미래뿐이어서 오지 않은 시간에 대해서라면 무엇이든 확신할 자신이 있었다.

그해 겨울에 너는 이직했다.

그것이 우리에게 일어난 두번째 좋은 일이었다. 네가 정말 원했던 회사는 아니었고, 위치니 연봉이니 하는 조건들도 조금씩 더 불리해지는 듯했지만 너는 이만하면 괜찮다고, 만족한다고 했다. 크리스마스를 한 주 앞둔 토요일, 우리는 꽤 멀리까지 나가서 저녁을 먹었다. 적어도 보름 전에는 예약해야 식사를 할 수 있는 유명한 레스토랑이었다. 도착했을 때 가게는 만원이었다. 직원은 화장실 바로 앞 테이블로 우리를 안내했다. 메뉴판은 한참 뒤에 가져다주었고 음식은 그보다 훨씬 더 오래 기다려야 했다.

나는 치즈와 올리브, 얇게 저민 돼지고기와 기름에 튀긴 새우를 조금씩만 집어먹으며 네 이야기를 들었다. 음식은 겨우 허기를 면할 정도로 양이 적었고 터무니없이 큰 접시들이 테이블을 점령하다시피 했지만 네 얼굴에 잠깐씩 떠올랐다가 사라지는 어떤 기대나 설렘의 흔적들을 발견하는 게 즐거웠다. 네 목소리는 조금씩 더 커졌고 표정이나 동작도 선명해지고 풍부해졌다.

연말 지나면 우리도 어디 여행 갔다 올까?

네가 말하면 내가 답했다.

어디로?

왜 그때 우리가 봤던 호텔 있잖아. 특가로 나왔던 호텔. 그게 몇 평쯤 되지? 우리도 그런 넓은 데 가서 자자. 하룻밤 자고 오자.

내가 앉은 쪽에서 화장실 출입문이 바로 보였다. 부주의하게 문을 열어두고 가는 사람들 탓에 몇 차례 일어나서 직접 문을 닫아야 했다. 그러고 나자 그 문이 몹시 신경쓰이기 시작했다. 제대로 문을 닫는지 닫지 않는지, 화장실을 들락거리는 사람들을 쳐다보느라 자꾸만 네 말을 놓치게 되었다.

뭐라고 했어?

내가 물으면 너는 내 쪽으로 몸을 기울이고 목소리를 조금 더 키웠다.

아까 봤던 소파 말이야.

시간이 조금 더 지나자 화장실 앞에 사람들이 길게 줄을 서기 시작했다. 노크하는 소리가 또렷해졌고, 사람들의 말소리가 분명하게 들렸다. 고개를 돌릴 때마다 벽에 등을 기대고 선 사람들과 눈이 마주쳤다. 그런 식으로 우리가 마주앉은 테이블이 화장실을 오가는 사람들에게 고스란히 노출되고 있었다.

왜 철물점 가기 전 골목 앞에 누가 내놓은 소파 있었잖아, 연두색 소파, 이따가 가는 길에 들고 갈까? 침대 옆에 두자. 아니면 거실에 둬도 되고.

너는 큰 소리로 계속 말했다. 우리 대화를 모두에게 들려주고 싶은 사람처럼 굴었기 때문에 점점 더 신경이 곤두서는 쪽은 나였다. 결국 내가 네 말을 자르고 직원을 불렀다.

예약이 모두 차 있어서요. 자리 변경은 힘드세요.

우리를 안내했던 직원은 기계처럼 같은 말을 반복하다가 카운터를 지키던 여자를 데려왔다. 여자는 조금 더 상냥했고 친절했지만 자리를 바꿔줄 의사가 없음을 분명히 했다. 멀지 않은 곳에 빈 테이블이 뻔히 보이는데도, 계산을 마치고 가게를 나가는 사람들이 있는데도 그랬다. 여자는 내가 아니라 내내 네 쪽을 바라보며 말했고 더 말하지 말라는 듯 고개를 까닥하고 그대로 자리를 뜨려고 했다.

여기 한번 앉아보시겠어요?

결국 내가 의자를 밀어내고 자리에서 일어났다. 최대한 소리가 나지 않게, 주목을 끌지 않게 주의를 기울였지만 그즈음에 이르러서는 조심스럽게 우리를 따라다니던 사람들의 눈빛이 노골적으로 우리 쪽을 향해 있었다.

여기서 화장실 안이 다 보이거든요. 사람들도 계속 지나다니고

요. 제가 이 주 전에 예약했는데 이건 아닌 것 같아요. 옮겨주세요.

나는 거듭 요청했다.

너의 눈빛에서 만류하는 듯한 기색이 역력했지만 그만두고 싶지 않았다. 화장실 문이 닫히는지 안 닫히는지 보느라 벼르고 별러서 온 저녁식사가 이렇게 망쳐지고 있는 것에 대해 적어도 정중한 사과를 받기 전까지는 계속 서 있을 작정이었다.

저희가 원래 여기까지 테이블을 두지는 않는데 연말이라서요. 죄송합니다.

한참 만에 주방에서 앞치마를 두른 남자가 나왔다. 남자는 젖은 손을 앞치마에 여러 번 닦고 접시를 집어들었다. 아주 조금씩만 집어먹느라 제때 먹지 못한 음식들이 반 이상 남아 있었다. 아마도 네가 끼어들지 않았다면 우리는 자리를 옮길 수 있었을 것이다. 직원들에게 제대로 된 사과를 받고 밖이 내다보이는 창가 자리에서 와인이나 맥주 한잔을 기분좋게 마실 수 있었을지도 모른다.

아니에요. 괜찮아요. 저희 다 먹었어요.

그리고 네가 말했다. 어쩔 줄 모르겠다는 표정으로 나와 직원들을 올려다보다가 불쑥 그 말을 하고 나서는 당황한 듯 의자 등받이에 걸어둔 코트를 챙겨 입고 목도리를 두른 뒤 한번 더 말했다.

어차피 다 먹었잖아. 가자. 저희 갈게요. 괜찮아요. 진짜요. 얼른 나가자.

네가 지나치게 서두르는 탓에 나도 얼떨결에 코트를 챙겨 입고 너를 따라 나왔다. 통유리 너머로 우리 테이블의 접시를 빠르게 치우는 직원들의 모습이 보이다가 말다가 했다.

왜 그래? 자리 바꿔준다잖아.

너는 속이 안 좋다느니, 머리가 아프다느니, 엉뚱한 말을 늘어놓다가 어느 순간부터 입을 다물고 걷기만 했다. 나는 말없는 네 뒷모습을 보며 걸었다. 열이 오른 얼굴은 금세 식었다. 허기가 느껴졌고 그러자 볼에 와닿는 바람이 믿을 수 없을 정도로 차가웠다.

형식적으로라도 우리를 붙잡지 않던 주인에 대한 괘씸함, 보란 듯 신속하게 테이블을 치우던 직원들에 대한 불쾌함, 나를 유별난 사람으로 만들어버린 너에 대한 미움, 모두를 곤란하게 만들었다는 자책과 귀한 시간을 망쳐버렸다는 후회 따위의 감정들은 집에 가까워져올 무렵에 잦아들었다.

그냥, 좋은 게 좋잖아. 우리만 있는 것도 아닌데 뭘 그렇게까지 해. 괜히 미안하잖아.

나란히 누워 잠이 들 즈음에야 너는 그렇게 말했다.

좋은 게 좋다니. 누구에게 좋다는 걸까. 도대체 뭐가 미안하다는 걸까. 그런 걸 따져 묻지는 못했다. 그게 뭐든 네 의도가 선하다는 것을 나 역시 모르지 않기 때문이었다. 너는 누구에게도 싫은 소리를 못하는 사람이고, 그래서 생기는 불편과 손해를 감수하는 사람이고, 그건 네가 나쁜 사람이 아니라는 의미이기도 하니까.

우리가 미안해할 일은 아니야.

나는 그렇게만 말했다.

원하는 테이블에 앉아 주문한 음식을 먹고 대화를 나누고 만족스러운 저녁 시간을 보낼 자격이 우리에게도 있다고, 우리도 그만한 값을 치렀다고, 나는 당연한 요구를 했을 뿐이고 때론 요구하고 주장해야만 얻을 수 있는 것들이 있다고, 그건 미안해야 할 일이 아니고 해야만 하는 일이라는 말은 끝내 하지 못했다.

토요일 밤이어서 배달 오토바이가 오가는 소리가 요란했다. 전조등 빛이 창을 훑고 갈 때마다 방안의 풍경이 잠깐씩 드러났다. 얼룩덜룩한 벽지와 못이 뽑힌 자리, 비뚜름하게 걸린 달력과 제대로 닫히지 않는 방문, 그 틈 너머 보이는 잡동사니들이 환해졌다가 다시금 어둠 속으로 잠기길 반복했다.

창문 일부를 가로막은 네 책장 탓에 방은 늘 좁고 갑갑했다. 내가 가져온 대형 스탠드와 벤치 의자는 칠이 벗겨진 네 서랍장 옆에서 볼품없었고, 매트리스를 뒤덮다시피 한 담요는 보풀이 일어 지저분했다. 초침 소리가 큰 벽시계도, 스피커 위에 올려둔 화장품도, 문고리에 걸어둔 파우치와 핸드백도 어수선하고 산만하게 느껴지긴 마찬가지였다.

그 집에서 제자리를 찾은 물건이나 가구는 하나도 없었다. 모든 게 있어야 할 곳이 아닌 곳에 있는 것 같았고, 일 년이 넘도록 집이 이렇게 안정감이 없는 건 그 탓일까 하는 생각이 들었다. 무엇보다 그렇게 좁은 집에서도 내가 가져온 물건과 네가 가져온 물건들이 보이지 않는 경계를 이루며 너무나 뚜렷하게 구분되었으므로 속이 상했다. 그러면 잠든 너를 깨우고, 불을 켜고, 소란을 떨며 무엇이든 옮기고 바꾸고 싶은 충동이 일었다. 그러나 어떻게든 그런 충동을 억누르고 다시 아침을 맞으면 그런대로 괜찮아 보였고 조금씩 나아지겠지 기대하게 되었다.

이듬해 겨울은 몹시 추웠다.

영하 십칠 도까지 기온이 내려간 어느 날 아침에는 건물 전체 수도가 얼어버렸다.

물이 하나도 안 나오는데요.

여러 번 시도한 끝에 통화가 된 집주인은 날씨가 너무 추워서 그런 것 같다며 기다려보라고 했지만 다음날이 되자 한겨울에 생각 없이 물을 꼭 잠그고 다녀서 수도가 언 게 아니냐며 이 일의 원인을 은근히 우리의 부주의함으로 몰았다.

하루가 더 지나자 버티기가 어려웠다. 체육센터에 헬스 등록을 하자고 제안한 건 나였다. 샤워실을 이용할 수 있을 거라는 생각에서였다. 그러나 이십 분을 걸어 도착한 체육센터 입구는 유치권 행사중이라고 적힌 현수막으로 가로막혀 있었다. 무단출입시 처벌을 각오하라는 경고문보다 섬뜩했던 건 출입문 앞을 가득 메운 쓰레기와 그 쓰레기 더미를 뒤덮은 거미줄이었다.

시장 안쪽 골목에 위치한 목욕탕도 별다를 게 없었다. 어두침침한 불빛 아래 드러난 타일은 이끼가 낀 듯 푸르스름했고 모두 어딘가 금이 가거나 깨져 있었다. 세 개뿐인 욕탕은 지나치게 깊었고, 물때가 낀 거울 앞에 구부정하게 앉은 사람들에게서도 활기나 생기를 찾아보기 힘들었다. 가장 견딜 수 없는 건 냄새였다. 가느다랗게 떠다니던 냄새의 정체가 비린내라는 걸 알고 나서는 그것이 걷잡을 수 없이 또렷해져서 나중엔 거대한 악취 한가운데 앉아 있는 기분이었다.

결국 물이 나오지 않는 일주일간 우리는 버스로 여섯 정거장 거리에 있는 찜질방을 오갔다. 샤워실과 수면실을 갖춘 곳이었지만 첫날 새벽, 목놓아 우는 누군가 때문에 잠을 설친 뒤로 더는 그곳에서 밤을 보낼 엄두를 내지 못했다.

다른 데 가볼까? 저기 사거리 넘어가면 큰 찜질방 하나 있다는데.

네가 물었고 나는 괜찮다고 했다.

여섯 정거장, 일곱 정거장, 여덟아홉 정거장을 더 간다고 해도 이 동네에서 번져나오는 어떤 기운을 모두 떨쳐내긴 어려울 거란 생각 때문이었다. 택시를 타고 한 시간, 두 시간씩 달리면 모를까. 이 동네를 모르던 때로 되돌아가면 모를까. 너와 함께 이곳에 사는 동안엔 내가 감수해야 할 문제라고 여겼고 나는 내가 그럴 각오가 되어 있다고 믿었다.

한번은 찜질방에서 돌아오는 길에 광장 조감도를 본 적이 있다.

공사 가림막에 부착된 조감도는 손바닥 두 개 크기였다. 조감도를 감싼 아크릴판이 거울처럼 빛을 반사했기 때문에 소매가 길고

품이 큰 네 점퍼로 불빛을 가린 뒤에야 광장의 이름을 확인할 수 있었다.

팔복광장.

촌스러운 이름이라고 생각했다. 오래된 터미널 근처 식당이나 전통과자에나 붙일 법한 이름 같았고, 이젠 그런 데에서조차 저런 이름은 붙이지 않을 거라는 생각이 들었다. 너는 팔복, 팔복 중얼거리다가 이렇게 말했다.

이름 너무 좋은데? 누가 지었는지 진짜 잘 지었다.

시민이니 중앙이니, 별빛이니 달빛이니 그런 흔한 이름보다는 기억하기도 좋고 개성도 있다는 거였다.

그런가.

나는 그렇게 중얼거리고 말았다. 너는 조감도를 들여다보며 조금 더 말했다. 분수와 계단, 야외무대와 조형물 같은 불필요한 요소는 하나도 없고, 나무와 벤치 같은 꼭 필요한 것들로만 채워질 광장이라 기대된다고, 상상했던 것과 다르지 않아서 다행이라고 말이다.

나 같으면 절대 저런 이름을 붙이지 않았을 거라는 말은 하지 못했다.

가림막과 가림막 사이 좁은 틈으로 보이는 것이 여전히 헐벗은 공터뿐이라는 것도. 이런 곳에 우리가 상상하는 광장이 들어올 리 없다는 말도. 광장이 들어선다고 해도 이곳을 포위하듯 감싸고 있는 낡고 우중충한 건물들이, 그 건물들을 잇는 가파르고 울퉁불퉁한 골목들이, 그 골목들에 고인 감정과 기운 같은 것들이 이 광장을 가만히 두고보지만은 않을 거라는 이야기도 하지 못했다.

광장은 이듬해 9월에 완공됐다.

그것이 우리에게 일어난 세번째 좋은 일이었다. 낮에는 덥지만 저녁이 되면 제법 선선한 바람이 불었다.

한번 가자. 구경 가자. 주말엔 꼭 가자. 다음주엔 꼭 가자.

그런 대화를 장난처럼 주고받았지만 그즈음에는 너도, 나도 시간을 내기가 어려웠다. 어렵게 시간을 맞춰놓으면 비가 오거나 급한 용무가 생기는 식으로 약속을 미뤄야 하는 이유가 생기곤 했다.

10월 마지막 주가 되어서야 우리는 그곳에 갔다.

토요일이었고 아침부터 날이 흐렸다. 야외에서 맥주를 마시기엔 쌀쌀한 날씨였지만 너는 기어코 캔맥주 네 개와 과자 한 봉지를 샀다. 광장 입구는 주택가 사잇길에 있었다. 주차된 차들 탓에 우리가 몇 번이나 그대로 지나친 곳이었다. 내팽개치듯 길가에 버려진 조감도를 발견하지 못했다면 그 일대를 얼마나 더 헤매고 다녔을지 몰랐다.

들어가도 되는 건가?

내가 입구에 서서 우물쭈물하는 동안 너는 앞장서서 걸었다. 캔맥주와 과자가 담긴 봉지를 한 손에 들고 씩씩하게 걷다가 한 번씩 돌아보며 내 이름을 불렀다. 오가는 사람이 하나도 없는 탓에 바람소리가 유난히 크게 들렸다.

빨리 와. 빨리!

네 얼굴은 아이처럼 신이 나 보였고 또 잠깐씩 무표정한 얼굴로 바뀌었다가 다시 보면 몹시 피곤한 사람처럼 느껴지기도 했다. 나는 돌아볼 때마다 조금씩 달라지고 낯설어지는 네 얼굴을 보며 걸었다.

광장의 진입로는 길고 좁았다. 약간 경사가 있는 길이어서 전방이 바로 보이지는 않았다. 비스듬한 경사로를 한참 걸어올라가고 나서야 비로소 편평한 광장의 모습이 한눈에 들어왔다. 전체적인 형태는 원이 아니고 사각에 가까웠다. 정사각형이나 직사각형이 아니라 한쪽 면이 더 긴 사다리꼴이어서 안정감을 느끼기 어려웠다.

어디를 둘러봐도 광장이라고 할 만한 풍경은 보이지 않았고, 그것이 나를 점점 불안하게 했다.

아무도 없잖아. 그만 가자.

내가 말하자 네가 재촉했다.

괜찮아. 괜찮다니까. 빨리 와.

나무를 심느라 파헤쳐진 땅은 질퍽거렸고 대충 심긴 나무들은 한쪽으로 기울어져서 위태로워 보였다. 거대한 쓰레기 더미처럼 한쪽에 방치된 공사 폐기물도, 여기저기 아무렇게나 쌓아놓은 나무 벤치도, 바닥재가 깔리지 않아 흙과 돌멩이가 고스란히 노출된 길도 위험해 보이긴 마찬가지였다. 무엇보다 신경쓰였던 건 광장 안쪽에 자리한 컨테이너였다. 현수막 같은 것이 컨테이너를 친친 동여매듯 둘러쳐 있었는데 글씨가 얼룩처럼 번져 있어서 알아볼 수가 없었다.

그러니까 그곳은 그냥 공터였다.

아무런 높이감도, 존재감도 가지지 못한, 그 동네에서 유일하게 웅덩이처럼 아래로 푹 꺼진 공간에 불과했다. 누구나 내려다볼 수 있고, 어디서나 내려다보이는 버려진 공간에 불과했다.

너는 광장이 한눈에 보이는 벤치에 자리를 잡았다. 그런 다음 맥주를 꺼냈고 내가 말릴 새도 없이 캔을 땄다. 거품이 솟구쳤고 너는 혀를 내밀어 거품을 핥아먹으며 웃었다.

날씨가 맑으면 좋았을걸, 그지?

너는 과자를 하나씩 집어먹으며 잠깐잠깐 하늘을 올려다보았다. 멀리 어둑어둑한 구름이 몰려오고 있었다. 정오를 겨우 넘겼을 뿐인데도 저녁처럼 날이 어두웠다. 바람이 불면 눈이 따갑도록 흙먼지가 날렸고 페트병이나 플라스틱 같은 것들이 굴러다니는 소리가 요란했다.

너는 개의치 않는 듯 보였다. 고개를 젖혀 맥주를 마시고 과자를 한 움큼씩 집어먹으며 나와 눈이 마주치면 장난기어린 표정을 지었고 스마트폰으로 나지막하게 음악도 틀었다.

공사가 아직 덜 끝났나봐. 그래도 겨울 전엔 끝나겠지? 내년 봄 되면 더 좋아지겠다.

네가 말하면 나는 기계적으로 고개만 끄덕였다. 맥주는 한기가 일 정도로 차가웠고 눈앞에 펼쳐진 어수선한 풍경들을 마주할 때마다 신경이 곤두섰다. 무너지고 내려앉는 세계 한가운데 앉아 어떤 절망적인 장면을 마주하는 기분이 들었고 그만 집으로 돌아가자는 말이 금방이라도 튀어나올 것 같았다.

이봐요! 어이, 거기!

그리고 누군가가 우리를 부르는 소리가 들렸다. 푸르스름한 경비복을 입은 남자였다.

여기서 뭐하는 거요? 여기 어떻게 들어왔어요? 누구요?

남자는 신호봉으로 허공을 쿡쿡 찌르며 다가왔다. 네가 먼저 몸을 일으켰고 맥주캔이 쓰러지면서 남은 맥주가 내 운동화 위로 쏟아졌다.

그냥 구경 왔는데요.

대답은 내가 했다.

구경? 무슨 구경? 여기 구경할 게 뭐가 있어?

나는 캔맥주와 과자 봉지를 챙기며 남자를 똑바로 바라봤다.

여기 광장이요.

남자는 주변을 둘러보며 물었다.

여기가 어딜 봐서 광장이오? 누가 그래요, 광장이라고? 여기 땅 팔린 지가 언젠데 아직도 광장이니 뭐니 그런 헛소리를 해. 지난번에 온 그 사람들 아니오? 고양이 밥 준다고 들락날락했던 양반

들. 아니, 그렇게 주고 싶으면 자기 집 앞에 주든가. 왜 여기 와서 난리인지 모르겠네.

내가 완전히 몸을 일으키기도 전에 남자는 주먹만한 비닐 뭉치 하나를 내 발 옆에 내던졌다.

오늘도 내가 이런 걸 몇 개나 치웠는지 알아요? 뒤처리는 하나도 할 줄 모르는 사람들이 무슨 고양이를 돌본다고. 핑계가 좋지. 내가 이것 때문에 종일 얼마나 고생하는 줄 알아요?

남자가 한 발로 봉지를 짓이기자 비닐이 터지면서 역한 냄새가 올라왔다. 부패한 사료에 하얗게 구더기들이 달라붙어 있었다. 나는 거의 중심을 잃을 뻔하며 그것들을 피해 섰다. 한 걸음씩 물러설 때마다 젖은 운동화에서 물기가 새어나왔다.

남자는 이곳이 개인 소유의 땅이고 곧 조합 사무실이 들어올 예정이라고 했다. 이 일대가 재개발된다는 거였다. 일 년이 걸릴지, 십 년이 걸릴지 알 수 없지만 어쨌든 되긴 될 거라고 말하는 남자의 목소리는 확신에 차 있었고 한번 더 무단출입을 할 경우에는 가만있지 않을 거라며 으름장을 놓았다.

아, 그래요? 저희는 몰랐어요. 죄송합니다. 죄송해요.

너는 공손하게 대꾸했다.

그만 나가요. 얼른 가요. 알 만한 사람들이 말이지, 남의 땅에 허락도 없이 들어와서 말이야.

남자는 손을 휘휘 내저으며 우리를 내쫓았다.

네가 앞서 걷고 내가 뒤따라 걸었다. 남자는 우리를 바짝 뒤쫓아왔다. 그 사람이 우리를 길고양이 내몰듯 하고 있었으므로 몹시 기분이 상했다. 아니, 신발에 진흙 더미가 달라붙는 줄도 모르고 쫓기듯 걷고 있는 네 모습이 말할 수 없이 낯설어서 당혹스러웠다. 난처하고 서글픈 마음이 들다가 광장 입구가 보일 때 즈음엔 내 눈앞에 펼쳐진 광경들이 너무나 뚜렷하게 보였다. 내가 보는 것이 무엇인지, 이것들이 무엇을 의미하는지, 모든 게 너무 명백하고 확실해서 무엇이든 더는 돌이킬 수 없다는 기분이 들었다.

우리가 그곳을 나온 뒤에도 남자는 입구에 서서 계속 우리를 지켜봤다. 나는 남자에게 되돌아가서 말했다. 이곳이 사유지라면 그걸 알 수 있을 만한 현수막 하나 정도는 걸어두는 성의를 보이라고. 입구에 아직 조감도가 남아 있고, 그걸 보면 누구라도 이곳을 광장으로 오해할 수밖에 없다고. 우리는 오늘 이곳에 처음 왔으며 여기서 한 건 겨우 싸구려 캔맥주 하나씩을 나눠 마신 게 전부라고. 그것 말고는 하고 싶은 것도, 할 수 있는 것도 없었다고 말이다.

남자가 뭐라고 대답했는지는 기억나지 않는다. 내가 남자와 마주서서 언성을 높이는 동안 네가 어떤 표정을 짓고 있었는지도 떠오르지 않는다.

아니, 너는 여느 때처럼 어쩔 줄 모르는 얼굴로, 돌이킬 수 없는 잘못을 저지른 사람처럼, 상대방에게 불필요한 사과를 반복하고 있었는지도 모른다. 누구의 기분도 상하지 않게 하기 위해 필사적으로 이런저런 말들을 찾으면서 계속 침묵을 지키고 있었는지도 모른다. 아니, 어떻게든 나를 만류하면서 그 상황을 모면하고 회피하려 했는지도 모른다.

너와 지내는 동안 나는 우리가 상상하는 광장의 모습이 어느 정도 일치했다고 생각했다. 아니, 서로가 원하는 광장의 모습을 누구보다 서로가 가장 잘 안다고 여겼다. 그래서 우리 사이에 놓인 까마득한 차이와 간격을 전력을 다해 줄여나갈 수 있을 거라고 믿었다.

그즈음엔 도무지 어디에 두어야 할지 몰라 이리저리 옮기던 대형 스탠드를 거실 창 앞에 세웠고, 기다란 벤치 의자를 화분 선반으로 쓰기 시작했다. 못자국이 선명한 벽면에 커다란 거울을 달았고, 밝은 톤으로 화장실 문을 새로 칠했다. 내가 주문한 원목 식탁을 거실 한가운데 놓고, 서랍장을 치운 자리에 등받이가 낮은 삼인용 소파를 두었다.

함께 고른 물건들이 하나둘 늘었고 각자의 취향과 소유가 분명하게 구분됐던 물건들의 경계도 흐릿해졌다. 이런저런 시행착오를 겪으며 가구와 물건들의 알맞은 자리를 찾고, 조금씩 달라지는 집안의 모습을 확인하는 건 다행스러운 일이었다. 시간이 필요한 일이었던 만큼 미더운 변화였다.

너와 헤어진 후 나는 그 집에서 한 달을 더 머물렀다.

각자 살 집을 구하고 이사를 준비하면서도 우리는 말다툼 한 번

별인 적이 없었다. 너는 내가 하는 말을 주의깊게 들었고 기다렸다는 듯 수긍했으며 거부감 없이 받아들였다.

네가 좋으면 그렇게 해. 난 괜찮아. 상관없어.

가구와 물건들을 다시 구분하고, 함께 구입한 물건들의 소유권을 가릴 때에도 마찬가지였다. 너는 내 의견을 먼저 물었고 뭐든 내가 좋은 대로 하라고 했다. 말하자면 너의 그런 태도가 모든 것을 돌이킬 수 없는 쪽으로 이끌었다. 멀리서 보면 나무랄 데 없이 선하고 이타적인 모습이었지만 내겐 한없이 무책임하고 비겁하고 나약하게 느껴졌다.

그런 네 모습이 내내 나를 두렵게 했다는 이야기는 끝내 하지 못했다.

네 짐을 실어갈 트럭은 이른아침에 왔다. 일 톤 트럭에 실린 살림살이는 단출하고 가벼워 보였다. 대부분의 짐을 네가 가져가지 않기로 했기 때문이었다. 나를 위해서였겠지만 내가 원한 일은 아니었다. 너는 필요하면 언제든 연락하라고 했고 나는 그러겠다고 했다. 그게 마지막이었다. 곧장 집으로 들어온 나는 거실 창 앞에 서서 파란 트럭이 느린 속도로 골목을 빠져나가는 모습을 지켜보았다. 구불구불 이어져 있는 건물들 사이로 잠깐씩 드러나던 트럭은 차츰 작아졌고, 이내 자그마한 점이 되어 보이지 않았다.

그곳에서 홀로 지낸 한 달간 나는 취향과 소유가 불분명해진 물건들의 경계를 다시 세우려고 애썼다. 어떻게 해도 내 것이 될 수 없는 물건들은 내다 버렸다. 매일 조금씩 이런저런 물건들을 폐기할 때마다 한번 뒤섞인 것들은 결코 이전처럼 분리되지 않는다는 사실을 절감할 수밖에 없었다.

그거 버리는 거예요?

어느 날 밤 삼인용 소파를 끌고 계단을 다 내려왔을 때 빌라 입구를 지나던 누군가가 말했다. 그렇다고 하자 그 사람은 왜 멀쩡한 소파를 버리느냐고 물었다.

아직 새거네요.

나는 크기에 비해 터무니없이 가벼운 그 소파를 세로로 세워 전봇대 안쪽으로 밀어넣었다. 그 사람은 내가 소파 귀퉁이에 폐기물 스티커를 붙이고 있는데도 소파 여기저기를 만지작거리며 이해할 수 없다는 표정을 지었다.

새거 아니에요. 보세요. 스프링 다 꺼졌잖아요. 냄새도 심하고요. 저도 이 동네에서 주운 거예요.

그건 언젠가 골목에 버려진 것을 주워온 것이었다. 네가 제안한 일이었고 그 소파를 쓰는 동안엔 아무런 불만이 없었다. 그러나 전봇대 사이에 놓인 그것은 낡고 지저분하고 촌스러워서, 도대체 누가 어디서 얼마나 어떻게 사용했는지도 모를 저런 소파를 무슨 생각으로 집으로 들인 걸까 하는 의문이 들 지경이었다.

몇 시간 후에 나가보니 소파는 사라지고 없었다. 내가 버린 것들은 늘 그런 식으로 사라졌다. 언젠간 집 앞에 내놓은 스탠드를 주워가는 사람을 직접 본 적도 있다. 그건 네가 가져온 것이었고 어느 날 갑자기 전구가 터진 뒤로는 완전히 고장나버렸다.

TV에서 그 동네에 대한 뉴스를 본 건 내가 그 집을 떠나고 몇 년이 더 지난 후였다. 재개발이 여러 차례 무산되었다가 재개되면서 사람들은 악에 받친 듯 보였다. 플래카드와 피켓을 들고 구청 앞에 모여 앉은 사람들의 얼굴은 고단해 보였고 또 얼마간 기대에 차 보였으며, 기다림에 단련될 대로 단련된 것처럼 보였다.

그런 장면을 보는 순간엔 다 잊었다고 생각한 어떤 기억들이 되살아나기도 했다. 그러나 끝까지 남은 건 그 동네에 광장이 들어올 리 없다는 확신이었고, 그 시절 그 광장에 관해서라면 내 생각이 틀리지 않았다는 안도였다.

그리고 이제 나는 매일 광장을 가로질러 출근하고 퇴근한다.

삼십 년이 넘은 노후한 아파트 단지를 리모델링하면서 지하철역 주변을 조그마한 시민광장으로 조성한 게 이 년 전이고, 광장 주변으로 널찍하게 공원을 만든 게 지난봄이다. 이른아침, 집에서 나와 광장을 향해 걷다보면 도로를 따라 반듯하게 구획된 상가를 볼 수 있고 환한 담벼락 아래로 등교하는 아이들을 마주하게 된다. 통행로를 따라 일렬로 놓인 벤치들의 간격은 적당하고, 비둘기가 스스로 살아갈 수 있도록 모이를 주지 말라는 알림판에서는 그것을 읽는 사람들에 대한 배려와 존중을 느낄 수 있다.

그러나 늦은 밤 고요하고 적막한 광장을 지날 때나 비가 오고 눈이 오고 돌풍이 부는 텅 빈 광장을 목격할 때면 불현듯 이런 생각에 휩싸이기도 한다.

이것이 내가 상상한 광장의 모습인가. 내가 기대하고 기다렸던 광장의 풍경인가.

너와 함께 본 조감도 속의 팔복광장이 완공되었더라면, 그것이 너와 내 상상 속에 있던 어떤 미래라고 할 만한 것을 완벽하게 실현했더라면, 우리는 그 광장에서 어떤 봄을 마주했을까. 어떤 일상을 나누었을까. 그중엔 우리를 결코 떼어놓을 수 없게 하는 결정적인 순간도 있지 않았을까. 어쩌면 그런 순간들이 너와 나를 더 힘껏 끌어안을 수 있게 하지 않았을까.

그러나 네가 아닌 다른 사람과 광장이 한눈에 보이는 벤치에 나란히 앉아 내일은, 모레는, 내년은, 하는 식으로 구체적인 계획을 세우고, 현실적인 목표를 잡고, 그에 걸맞은 노력을 하고, 이 사람이 기다리는 미래가 내가 기다리는 그것과 닮아 있구나, 비슷하구나, 깨닫게 될 때면 그 시절 너라는 사람에 대해 얼마간 포기하고 체념하는 심정이 된다.

그러니까 너라는 사람과 보냈던 시간은 결코 다다를 수 없었던, 그 광장을 기다렸던 삼 년 남짓한 시간만으로도 충분했다고. 우리가 볼 수 없었고 확인할 수 없었던 광장이라는 신기루 같은 미래가 우리가 나눌 수 있는 전부였다고.

실은 그것이 우리에게 일어난 가장 좋은 일이었다고 말이다.

해설

소영현(문학평론가)

하나는 너무 적지만 둘은 너무 많다

* 해설의 제목은 도나 해러웨이의 책 『해러웨이 선언문』(황희선 옮김, 책세상, 2019)의 한 구절이다.

여성 청년의 도시 생존기

『너라는 생활』에 눈길을 둔 당신이라면 김혜진의 첫 소설집 『어비』(2016)를 알 것이다. 『중앙역』(2014)에서 『딸에 대하여』(2017), 『9번의 일』(2019), 『불과 나의 자서전』(2020)에 이르는 묵직한 중·장편소설들에 이미 매료되었을 것이다. 이러저러한 문학상 수상 작품집과 앤솔러지의 출간이 드물지 않은 시절이니, 어쩌면 장편소설들 사이로 발표된 단편소설 중 몇 편에 이미 친숙할 것이다. 그리하여 당신은 '너'와, '너'를 보거나 듣고 '너'에 대해 말하며 '너'와 함께 살거나 헤어지면서 그렇게 '너'와 분리될 수 없이 섞이는 '나'의 이야기들로 이루어진 여성 청년들의 도시 생존기

『너라는 생활』을 펼치기도 전에 어떤 기대를 품었을지 모른다.

김혜진은 노숙인, 성소수자, 노동자로 대표되는 사회적 약자에 주목해왔다. 중심이 아니라 바깥으로 떠밀린 존재들을 다루지만, 배제된 존재들의 세계를 발굴하는 것은 아니며, 주변부로 밀려난 사정을 세세히 설명하지도 않는다. 최근 문학계에서는 현실 문제의 출구 없음을 현실 바깥의 상상을 통해 해결해보려는 시도가 강해지는 추세이다. 가령 현실에 대한 젠더적 문제의식이 SF적 상상력을 통해 뚜렷해지는 식이다. 현실의 복합적 면모들에 밀착해 있는 김혜진의 소설은 그런 경향과는 결을 달리하면서 흔들림 없이 현실 쪽으로 다가선다. 김혜진의 소설은 사회적 약자로 넘치지만 단지 그들에 대한 문학적 주목에 머무르지 않는다. 소수자나 약자의 이름으로 묶어 저편의 자리에 세우려는 시도를 경계하며 더이상 나뉘지 않는 개별 얼굴들 쪽으로 다가간다. 저 분류법이나 그로부터 나온 이름들로는 충분히 이해될 수 없는 고유한 면을 건져낸다.

김혜진의 소설은 당신에게 사회적 약자에 대한 쉬운 공감을 허락하지 않는다. 문학의 일이나 독서 경험 가운데 고전적 항목에 해당할 것들을 겪게 한다. 당신의 타성적 판단이나 인식의 상투성을 가격한다. 판단의 조건을 유보시키며 판단 정지의 순간 앞에 세운다. 본다는 것, 목격한다는 것의 의미를 질문하며, 무엇보다 정치적 올바름의 태도마저 상품화되는 출구 없는 자본화 시대의 한복판에서 계급의 시선에 섹슈얼리티의 시선을 겹쳐두며 낡디낡은 성찰의 새로운 가능성을 일깨운다. 그리하여 우려하고 분노하거나 좌절하고 망설이게 한다. 당신이 선 자리와 시선의 지반이 알지 못하는 사이에 덜컹거리게 될 것이다.

순하고 다정하며 너그럽고 그 때문에 한없이 위험한 존재들을 위한 소설인 『너라는 생활』에 품게 될 당신의 기대는 드물고 소중한 그 성찰의 매혹에 닿아 있을 것이다. 『너라는 생활』은 기대를 저버리지 않을 것이다. 그것으로도 충분하지만, 나는 거기에 더하여 『너라는 생활』이 선 자리를 무너져내리게 하는 불편한 마음이 주는 흔들림과 그럼에도 불구하고의 마음에 대한 기대까지를 저버릴 수 없게 한다는 말을 넌지시 전한다. 『너라는 생활』에 실린 소설들은 「3구역, 1구역」에서 「팔복광장」까지 각기 다르게 매력적이다. 다른 자리에 놓이면 다르게 읽힐 소설들이다. 그러니 연작처럼 읽기보다는 다양하게 변주되는 '너'와 '나'의 관계에 집중하면서, 배치된 순서대로 소설의 경계를 천천히 통과하듯 겹쳐두는 읽기를 권한다. 어떻게 해도 내 것이 될 수 없었던 너와의 관계들과 그것이 만들어내는 마음의 짜임을 그려보게 될 것이다. 소설의 경계를 관통하는 독서의 시간이 거짓된 위안의 말들 없이도 아직은 오지 않은, 아니 어쩌면 내내 다다르지 못한 신기루 같은 미래만을 실감할 수 있을 뿐임에도, "한번 뒤섞인 것들은 결코 이전처럼 분리되지 않는다는 사실"(「팔복광장」, 229쪽)의 절감이 다른 동반의 삶을, 나아가 다른 공동체를 꿈꾸게 해줄 것이다.

시선의 위치성에 대한 질문: 나라는 필터와 너라는 장치

'너'는 누구인가. 교회 앞 골목에서 길고양이 태비를 챙기다가 만난 「3구역, 1구역」의 '너'는 "길고양이를 끔찍이 생각하는 사람"(34쪽)이고 "누구나 관심 있어 하고 궁금해할 정보를 대가 없이 공유하는 사람"이며 "내게 아무런 경계심 없이 사적인 이야기를 늘어놓는" 솔직하고 다정한 사람이지만, 재개발이 끝난 1구역에 안착하여 "요령 있게 집을 사고팔며 차익을 남길 줄 아는 사람"이고 "낡고 오래된 것들을 말끔히 부수어야 한다고 믿는"(35쪽) 사람, 아니 "멀쩡한 동네에 재개발이니 재건축이니 하는 기대감을 전염시키고 십 년이 넘도록 그곳 사람들을 끙끙 앓게 만드는"(29쪽) 사람이기도 하다. 그런데 '너'는 정말로 그런 사람인가. '너'는 "결코 내가 다 알 수 없는 사람"(35쪽)일 뿐인가. "시시때때로 공과 사의 경계를 무너뜨리는 사람"이고 "같은 실수와 잘못을 반복하면서 거듭 우리의 생활을 위태롭게 만드는 사람"(78쪽)이지만 "그저 연극을 한 번도 본 적 없다는 아이의 말에 홀린 듯 안쓰러운 감정을 느끼"(74쪽)고, 그 마음만으로 수다한 번거로움을 마다하지 않고 지체장애 중학생을 소극장에 데리고 가는 사람이기도 한 「너라는 생활」의 '너'는 어떠한가.

「3구역, 1구역」이나 「너라는 생활」의 '너'는 말할 것도 없이 『너라는 생활』의 '너'는 '나'를 통해서만 윤곽을 드러낸다. 당신은 '너'에 대해서라면 '나'의 시선을 통해서만 만날 수 있다. 그것은 어떤 의미인가. 누구에게도 싫은 소리를 못하고 그래서 매번 불편과 손해를 감수하는 「팔복광장」의 '너'는 "나무랄 데 없이 선하고 이타적인"(228쪽) 사람이다. 사람을 만나는 데 구체적인 정보가 중요하다고 생각하지 않는 「아는 언니」의 '너'는 누굴 만나든 아무런 거리낌이 없고 누구에게나 배울 점이 있다고 생각하는 편견 없고 열린 성격의 소유자이다. 그런 그녀들의 태도는 '나'의 시선을 통과하면서 "한없이 무책임하고 비겁하고 나약"(「팔복광장」, 228쪽)한 사람이라거나 "엄마의 전폭적인 지원과 보호 속에서" 자란 탓에 "뭔가를 조심하고 주의할 필요가 없었는지도"(「아는 언니」, 183쪽) 모를 철없는 사람으로 조정 평가된다.

'나'가 '너'를 향한 부당한 평가만을 남발하는 것은 아니다. '나'는 종종 당신이 다 안다고 생각했지만 결코 다 알 수는 없는 일들에 대해 말한다. "사실이지만 또 얼마간 사실이 아닌 일들. 차마 다 이야기할 수 없는 각자의 내밀한 사정들"(「우리는」, 171쪽)을 대신 전한다. 민간에서 운영하는 작은 규모의 복지관에 이력서를 제출하러 좁고 가파른 골목길을 지나서야 도달할 수 있는 달동네에 간 「너라는 생활」의 '너'는 그곳에서 이력서 지원 자격인 경력 시간 이천 시간에서 사십팔 시간이 부족하다는 이유로 지원 접수 자체가 안 된다는 담당자의 말을 듣는다. 몇 달 전까지 지체장애 중학생을 돌보는 활동보조사로 일했던 '너'는 연극을 보고 싶어하는 아이를 위해 번화가에 있는 소극장에 데려가는 선의를 발휘했지만 극장 경험이 없는 아이가 놀라는 바람에 결국 아이 엄마에게서 해고 통보를 받았다. 원서 접수도 못한 채로 돌아서야 하는 상황에 처한 '너'를 두고 '나'는 "어떤 취급을 당하는지도 모르고, 화를 낼 줄도 모르는"(77쪽) 답답한 사람이라 비난하지만, 네가 아이를 위한 선의를 발휘하지만 않았다면 사십팔 시간이 모자라 원서 접수조차 못하게 되는 상황에 처하지도, 더 나쁜 주거 환경이나 일자리로 내몰리지도 않았을 것임을 알게 된다. '너'에 대해 더 많이 알게 되지만 '너'를 다 안다고는 할 수 없음을, 그리하여 당신은 '너'에 대한 선부른 판단 같은 것은 할 수 없음을 알게 될 것이다. 더 나아가 '너'를 보고 들으며 '너'에 대해 말하는 '나'를, '나'가 선 자리를 묻게 될 것이다.

'나'는 누구인가. 당신은 소설 속 '나'에 대해 무엇을 아는가. 『너라는 생활』에서 '나'와 '너'에 관한 정보는 한없이 기우뚱하다. 소설 속 '너'들은 '나'라는 필터를 통과한 '너'의 면모에 대해 어떤 항변도 하지 못한다. 횡령과 사기 혐의로 학교를 떠난 「다른 기억」의 임선생님이나 연루된 사건의 사실 여부와는 무관한 자리에서 선생님에 대한 이해가 가능하다고 믿는 '너'에게 어떤 해명의 기회도 주어지지 않는다. 소설 속 '나'가 제공한 정보로만 '너'를 만나던 당신은 문득, 소설 속 '나'와 '나'가 선 자리가 궁금해진다. 소설에서 목격하고 판단하는 '말하는 자'는 초월적 시선이라는 특권적 위치를 갖는다. 그 자리의 위치성이 지워질수록 서술적 특권은 강해진다. 성별과 인종과 젠더의 면모가 지워질수록, '나'의 형체가 투명해져서 '나'의 시선과 당신의 시선의 구분이 어려워질수록, 소설에서 목격하고 판단하는 '말하는 자'는 보편이라는 권위와 객관이라는 자리를 차지하게 된다. 보거나 듣거나 말하는 일방성 안에 이미 위계적 힘이 작동하고 있으며, 소설 속 서술자의 권위는 그렇듯 서술자의 자리가 흐릿해질수록 강력해진다.

사회적 약자나 소수자라는 범주로 가둘 수 없는 개인의 얼굴을 발견하면서, 김혜진의 소설이 사회적 약자에 대한 관심을 피해자의 자리에 고정해버리는 폭력적 오류와 거리를 마련할 수 있었다면, 보다 근본에서 그것은 목격하고 판단하는 '말하는 자'에게 알지도 못한 사이에 부여되는 권위를 '나'라는 개별의 얼굴로 상대화해버리는 김혜진의 소설 작법이 만들어낸 성과이다. 김혜진의 소설은 '나-너'의 구도, '나'라는 필터와 '너'라는 장치를 통해 누가 '나'에게 '너'를 목격하고 판단하고 말할 권한을 주었는지 묻는다. 무엇보다 목격하고 판단하고 말하는 '나'의 기준은 누구의 것인지, 왜 '너'의 자리는 삶의 정상성으로부터 좀더 가까운 '나'에 의해 판정되어야 하는지를 따져 묻는다.

김혜진의 소설 속에서 개별의 얼굴로 등장하는 '나'들은 보편적이고 초월적인 시선의 권리를 갖지 못한 자들이다. 권리 없이 권한을 행사하는 '나'들을 통해 당신이 확인하게 되는 것은 역설적으로 '나'의 위치성이다. 그리하여 당신은 알게 된다. 소설 속 '나'는 모든 것을 아는 자가 아니며 세상의 상식을 대변할 수도 없다. 오히려 '나'는 '너'의 일면들을 한없이 분류해낼 뿐이다. 통합된 '너'로 모아내기보다 통합 불가능한 '너'를 입증한다. '너'라는 장치는 무의식적으로 장착되는 시선의 특권과 그 위치 선점의 문제를 노출시킨다. 이성애적 정상성의 바깥에 놓인 퀴어 커플을 향한 시선은 호의든 적의든 공감이든 혐오든 정상성으로부터의 차이에서 만들어진 것임을 짚어내는 「자정 무렵」에서, '너'에게 들은 이야기로 구성된 '너'의 친구 유리에 대한 '나'의 고백처럼 '나'는, 아니 당신은 "어디까지가 사실이고 아닌지 알 수"(91쪽)가 없다. 김혜진의 소설은 바로 그 다 알 수 없음을 증명하는 역설의 장치인 '나'라는 필터를 통해 시선의 폭력성을 날카롭게 폭로한다.

시선의 젠더에 대한 질문

호의로 위장한 고약한 호기심과 친절이나 배려의 얼굴을 한 무심한 모욕의 시선은 얼마나 흔한가. 그것을 구분하는 일은 얼마나 어려운가. 결국 다르기나 한 것인가. '너'의 친구인 유리와 그녀의 남자친구를 함께 만난 자리에서 「자정 무렵」의 '나'는 유리에 의해 유리 남자친구에게 "친구 파트너"로 소개된다. 원하지 않는 아웃팅이 호의와 함께 이루어지는 자리에서 등장한 괜찮다거나 "여기서는 편하게 생각해도" 된다거나 "다들 좋은 사람들"이라는 말은 누구의 것인가. 누가 누구에게 괜찮다는 것이며 누가 누구한테 "편하게"(101쪽) 하라는 말인가.

> 대화는 점점 더 이상한 방향으로 흘러간다. 어쨌든 점진적으로 그런 사람들도 우리가, 사회가 끌어안아야 한다는 이야기에 사람들은 열을 올리기 시작한다. 그런 사람들이라니. 소수자, 사회적 약자, 마이너리티, 관용과 배려. 듣다보니 거기엔 너와 나도 포함되어 있는 것 같다.(「자정 무렵」, 106쪽)

"근데 너희 둘은 어떻게 만난 거야?" "도대체 둘이 어떻게 알아본 거야? 그냥 알아봐지는 건가? 알아보는 방법이 있어?" "같이 살자는 이야기는 누가 먼저 했어? 언제부터 같이 산 거야, 둘이?"(「아는 언니」, 189쪽) "같이 산다고 부모님께 말씀드렸어? 아직 자세한 건 모르시지? 그런 이야기까지 하지는 않았을 거잖아." "그래. 쉬운 일이 아니지. 그런 거 생각하면 너희도 속상하겠다. 사는 게 다 왜 이러니, 그지?"(190쪽) 답변까지 원하지는 않는 것처럼 보이는 「아는 언니」에서의 '너'의 '아는 언니'가 연이어 던지는 질문들에는 어떤 적의나 혐오도 담겨 있지 않다. 오히려 분명한 호의다. 그런데 그것은 호의일까. 김혜진의 소설은 적의나 혐

오가 아니라 호의나 공감의 시선에 담긴 폭력성에 더 주목한다. 종종 비가시적 그 선한 차별주의야말로 내면화된 폭력이며 시선을 통해 구현되는 더 은밀한 위험임을 경고한다.

레즈비언 커플을 "특별하게 여기는"(201쪽), 그러니까 정상성을 이탈한 '이상한' 존재로 보는 태도 자체가 문제라고는 단 한 번도 생각해보지 않은 이들에게 저들, "소수자, 사회적 약자, 마이너리티"는 우리 혹은 사회로도 바꿔 말할 수 있는 이들을 중심으로 한 시선에서 범주 바깥에 놓인 존재를 가리킨다. "다 안다거나, 지지한다거나, 응원하다거나, 이해한다거나"(184쪽) 하는 태도야말로 자신의 저편에 "도움을 필요로 하는 사람"(198쪽)인 저들을 밀어내는 폭력적 힘이다. 언제나 배려하고 양보해야 할 자리로, 그러니까 경계선 바깥으로 저들을 밀어내면서 거꾸로 우리가 만들어지며 그 우리가 역설적 중심성과 정상성을 확보하게 된다. 그렇게 차별의 경계선이 오히려 뚜렷해지는 것이다.

결국 다른 말이 아닌 차별과 혐오와 낙인이 어떻게 만들어지는가를 작가는 안전한 주거 공간을 염원하는 퀴어 커플을 통해 우리의 바깥, 정상성 범주의 바깥에 놓인 사람들에 대한 폭력적 적대감을 가시화하는 동시에 그 바깥에 놓인 이들 내부의 차별적 얼굴을 포착한다. 소수자, 사회적 약자, 마이너리티를 일방적인 피해자의 자리에 고정시키지 않는 동시에 개별적 차이를 소수자의 범주 자체로 환원하지도 않는다. 「동네 사람」에서의 '나'와 '너'처럼 폐지 줍는 할머니와의 사이에서 일어난 교통사고와 이후의 분쟁을 두고 잘잘못을 가려내거나 따지고 싸우면서 사실을 밝히려 할 수도, 더 큰 분란으로 이어질 것을 두려워하며 사과를 해버리는 쪽을 택할 수도 있다. 폐지 줍는 할머니까지를 포함해서 소수자의 자리는 고정되어 있지 않으며 사회적 약자의 얼굴은 하나가 아니다. '나-너'의 구도를 통해 김혜진의 소설은 사회적 약자의 개별 얼굴을 세심하게 분리해낸다.

이제 당신은 개별화된 그 얼굴이 궁금할 것이다. 김혜진의 소설이 중립적이고 보편적인 것이란 자체로 폭력적이며 실재하지도 않는다는 사실을 오랫동안 숙고해왔음을 알기 때문이다. '나-너'의 구도를 반복하는 『너라는 생활』의 소설들이 여성 커플의 이야기라는 사실은 중요하다. 작가의 말하기 방식은 노골적이라기보다 은밀하다. 정작 중요한 것은 힘주어 말하지 않는다. 늘 있어왔던 창밖 풍경처럼 자연스럽고도 당연한 듯 말해버린다. '나-너'의 구도 안에서 계급과 젠더 그리고 섹슈얼리티에 대해서는 부러 짚어서 언급하지 않는다. 바로 그런 이유로 '나'와 '너'로 이루어진 관계가 여성들의 것이며 때로 좀더 분명하게 그녀들이 퀴어 커플이라는 사실은 강조되어야 한다. 강유가람 감독의 다큐멘터리 영화 〈이태원〉(2016)이나 셀린 시아마 감독의 영화 〈타오르는 여인의 초상〉(2019)이 그러했듯 '나-너'의 구도를 통해 김혜진의 소설은 시선의 위계적 권력을 문제삼고, 나아가 시선의 젠더를 돌아본다.

중립적으로 오해되는 '사회적 시선'이 이성애 중심적으로 구축된 젠더 편향적인 것임을 직접적으로 말하지는 않지만, '나-너'의 구도 속에서 여성을 바라보는 여성의 시선을 확보한다. 현실에서 이탈한 낭만화된 세계로 도약하지 않고 시선의 젠더를 돌아볼 수 있는 성찰적 자리를 마련한다. 그리하여 당신은 여성의 시선이 그 자체로 존재하는 것이 아니라 '사회적 시선'의 편향성을 드러내는 자리에서나 가능한 것임을 알게 된다. 세상의 시선에 의한 일방적 판정에서 '너'를 구제하며 시선의 젠더를 묻는 방식, '나'라는 필터와 '너'라는 장치의 경탄할 만한 미덕이 아닐 수 없다.

주거 공간에 대한 '계급적×젠더적' 고찰에의 요청

「3구역, 1구역」의 '나'에게 '너'와의 만남이 늘어날수록 선명해지는 것은 "너와의 간극"(31쪽)이다. 직접적으로 언급하지는 않지만 그 거리감은 계급적인 것이다. 아픈 길고양이를 돌보고 재개발로 들썩이는 동네에서 이사를 준비해야 하는 '나'의 소소한 일상을 따라가면서 「3구역, 1구역」은 분명 선한 얼굴을 한 자본의 변신을 폭로하며, 사적인 선량함으로는 극복될 수 없는 계급적인 격차를 말한다. 거기에는 불편함이나 거부감, 더 나아가서는 불쾌감이나 적대감 같은 것도 포함된다. 계급적인 것의 차이가 주거에 대해, 재개발과 재건축 논의에 대해 서로 다른 입장을 갖게 한다는 것을, 실제로는 그것이 따로 존재하는 게 아니라 삶의 태도로서 드러날 수밖에 없음을 말한다.

중앙장편문학상 수상작인 『중앙역』 이후로 꽤 오랫동안 작가가 곱씹었던 문제 가운데 하나가 '광장'이라면 다른 하나가 주거 문제이다. 사실 두 문제는 분리될 수 없을 정도로 엮여 있다. 당신은 작가가 이미 『중앙역』을 통해 집에서 내쫓겨 가장 바깥으로 내몰릴 때 그들을 기다려주고 그들에게 익숙함과 편안함을 주는 유일한 공간이 광장일지 모른다고 말한 바 있음을 기억해낼지도 모른다. 지난한 재개발 역사의 결과물이기도 한 도시에서 낡고 오래된 것을 밀어버리는 개발 논리는 계급적인 것의 격차를 만들어내는 이 사회의 지치지 않는 동력이다. 여성(커플)의 안전한 주거 공간의 확보는, 비정규직의 여성화라는 말에서도 알 수 있듯, 계급적인 문제에는 젠더적 문제가 반드시 중첩되어 있기 마련인 지금 이곳에서 가장 심각하고도 급박한 시대적 과제가 아닐 수 없다.

김혜진의 소설에서 레즈비언 커플의 일상은 흔하디흔한 연인들의 그것으로 다루어진다. 그럼에도 특별할 것 없어 보이는 그들의 일상을 지속하는 일은 생각만큼 쉽지 않다. 두 여성 청년의 쾌적하고 안전한 주거 공간을 확보하려는 시도는 예상보다 실현되기 어려운 기획이다. 퀴어 3부작이라 해야 할 소설인 「아는 언니」 「동네 사람」 「자정 무렵」이 방을 마련하고 집을 나누는(셰어하우스)

주거에 관한 이야기이기도 한 것은 우연이 아니다. 『중앙역』에서 광장의 길바닥에서 자고 먹는 일상을 지속하는 남자와 여자가 철거를 앞두고 길바닥으로 내쫓길 처지에 놓인 사람들과의 대비 속에서 다루어지거나, 『딸에 대하여』에서 퀴어 커플과 엄마의 갈등이 여성 청년-레즈비언 커플의 주거 문제의 해법을 마련하는 과정에서 조정되는 것도 놀랄 일이 아니다.

주거 문화의 계급적 면모를 본격적으로 다룬 『불과 나의 자서전』에서 정확하게 짚었듯, 주거 공간들 사이의 격차가 만들어내는 어떤 마음들은 거기에 사로잡혀 바깥을 볼 수 없게 한다. "저절로 사라지거나 없어지지 않"고 "끝없이 누군가에게 옮아가고 번지며, 마침내 세대를 건너 대물림되고 또 대물림"(『불과 나의 자서전』, 현대문학, 2020, 126쪽)되며 공동하고 공존하는 미래의 가능성을 봉쇄한다. 주거 공간에 대한 '계급적×젠더적' 고찰이 요청되는 것은 이러한 이유에서다.

그리고, 타자됨: 어떤 마음들에 대하여

"하지만 정말 왜였을까."(「우리는」, 171쪽) 김혜진의 소설에서 가장 흥미로운 대목은 '그럼에도 불구하고'의 마음에 대한 질문을 '나'가 스스로에게 던지는 시간이다. 어쩌면 더이상 견딜 수 없는 오늘의 끝이자 내일을 향한 기대가 시작되는 자정 무렵의 시간일지도 모른다. 요령 없이 어리숙하기만 했던 「우리는」의 '너'가 이혼을 한 후 어렵게 작은 가게를 운영하면서 각박해져가기만 할 때, 한없이 '나'를 불편하게 만드는 '너'에게서 늘 도망갈 준비를 하면서도, 그럼에도 왜 '나'는 "너와는 관계"를 "계속 이어"가게 되는 것일까. '나'는 왜 "네 삶에 조금씩 더 가까이 다가서는 걸 포기하지 못한 것일까."(「우리는」, 172쪽)

> 네 머리카락에 조그마한 낙엽 조각들이 달라붙어 있었다. (……) 나는 네 머리칼 끝에 붙은 낙엽만 대충 털어내줄 생각이었다. 그러나 길고 구불구불한 머리카락이 엉킨 탓에 자꾸만 두 손으로 머리카락 사이에 있는 낙엽 조각을 하나씩 골라내게 됐다.
>
> 어색함이 감돌았다.
>
> 그리고 그 순간 거절해야겠다는 생각을 한 것 같다. 그게 뭐든. 너를 만날 일을 더는 만들어선 안 된다는 생각이 들어서였다. 그렇게 하지 않으면 너라는 사람에 대한 호기심과 궁금증이 이대로 계속 걷잡을 수 없이 커질 거라는 걸 직감했는지도 몰랐다.(「3구역, 1구역」, 19쪽)

어색함이 감도는 '그 순간'에 아마도 "마음이라고 할 만한"(「3구역, 1구역」, 24쪽) 것이 생기지 않았을까. 「3구역, 1구역」의 가장 중요한 전언은 '그 순간'에 실려 있는 게 아닐까. '그 순간'에 사랑이라고도 마음이라고도 관계라고도 존재의 변이라고도 할 수 있는 뭔가가 생겨났다는 것을, 그리하여 더이상 '나'와 '너'의 격차가 간극으로만 남을 수 없게 되었다는 것을, '나'가, 아니 '나'를 통해 당신도 알게 되는 게 아닐까. 그렇다고 '나'와 '너' 사이의 좁힐 수 없는 격차가 사라지는 것도, '너'와 함께하기 위해 모든 것이 포기되고 감수되는 것도 아니다. 신기할 정도로 평화롭고 편안한 기분에 휩싸이게도 되고 무방비 상태가 되어 '너'에 대한 다짐이 "어김없이 비껴나고 어긋나고 말"(35쪽)기도 하겠지만, '너'와의 시간이 영원할 수도 지속될 수도 없음을 모르지 않는다. 그럼에도 나는 퀴어 이론가인 주디스 버틀러가 관계성의 문제를 다루면서 사려 깊게 언급한 것처럼, 매번 '너'에게 무방비 상태가 되어버리는 '나'의 취약성을 들여다보면서, 서로에게 취약한 존재들의 세계에 살고 있다는 사실이, 그로부터 '나'와 '너'에게 주어지는 요구들을 고려하는 자리에서, 공동체를 구상하는 또하나의 방식이 되지 않을까 생각하게 되는 것이다.*

그리하여 당신은, 『너라는 생활』을 통해 "진심과 정성을 쏟을수록 일은 범위를 넘어서고, 생활을 침범하고, 한번 경계가 무너지고 나면 모든 게 엉망이 되어버"(「너라는 생활」, 75쪽)린다고 말

---

* 주디스 버틀러, 『위태로운 삶』, 윤조원 옮김, 필로소픽, 2018, 57쪽.

하고 있음에도, 또한 동시에 일이든 뭐든 진심을 다하는 「너라는 생활」의 '너'를 향해 "눈에 보이지도 않고 손에 잡히지도 않는, 결국에 누구도 고마워하지도 않는 네 마음을" 사람에게든 일에게든 "그토록 쏟을 필요는 없다고"(75쪽) 말할 때에도, 그 말들이 '너'를 위한 경고나 설득이라기보다 그 마음의 의미에 대한 새삼스러운 환기에 가깝다고 생각하게 될 것이다. '너'라는 사람이 "모두를 곤란하고 난처한 상황에 몰아넣"고 "일과 생활의 경계를 흐릿하게 만"든다 해도, "네가 그런 사람이 아니었다면" "너와 나의 생활이 마침내 이처럼 맞닿고 겹쳐"(78쪽)지는 일은 없었을 것임을 당신마저 깊이 긍정하게 될 것이다. '나'와 '너'의 분명한 경계가 뒤섞이거나 너덜너덜해지는 경험, 실체가 사라지는 듯한 그 경험은 분명 감당할 수 없는 공포를 동반하겠지만, 당신이 이미 알고 있다시피 그것이 바로 타자됨의 경험이다. 이제 '나'와 '너'의 이야기를 통해 당신은 『너라는 생활』이 궁극적으로 타자됨이라는, 하나는 너무 적지만 둘은 너무 많은 그 돌이킬 수 없는 경험을 말하고 있음을 부인할 수 없게 될 것이다.*

* 도나 해러웨이, 『해러웨이, 선언문』, 황희선 옮김, 책세상, 2019, 77쪽.

작가의 말

지난 사 년간 썼던 소설들을 묶는다.

너라는 2인칭에 대해 쓰고 싶었고, 그럴 수 있다고 생각했지만, 이 소설들은 나로부터 출발하고 결국 나에게로 되돌아오는 이야기에 불과하다는 생각이 든다.

나와 아주 멀다고 생각했던 단어 하나조차 실은 나라는 사람의 한계를 조금도 벗어날 수 없다는 사실도.

추천사와 해설을 주신 정희진 선생님과 소영현 선생님께 고마운 마음을 전하고 싶다. 어설프고 부정확한 문장을 함께 고심해주신 강윤정 편집자에게도, 책을 출간해준 문학동네에도 깊이 감사드린다.

2020년 9월

김혜진

| 수록 작품 발표 지면 |

3구역, 1구역 …… 『문학과사회』 2019년 겨울호

다른 기억 …… 『21세기문학』 2018년 여름호

너라는 생활 …… 『문학3』 2017년 3호

자정 무렵 …… 『릿터Littor』 2018년 12월~2019년 1월호

동네 사람 …… 『창작과비평』 2018년 여름호

우리는 …… 『자음과모음』 2018년 겨울호

아는 언니 …… 『현대문학』 2016년 8월호

팔복광장 …… 앤솔러지 『광장』(워크룸프레스, 2019) 수록작(발표 당시 제목 「광장」)

문학동네 소설집
너라는 생활

1판 1쇄 2020년 9월 18일
1판 3쇄 2024년 7월 19일

지은이 김혜진
책임편집 강윤정 | 편집 김필균 이재현 김영수 | 모니터링 이희연
디자인 김이정 유현아 | 저작권 박지영 형소진 최은진 오서영
마케팅 정민호 서지화 한민아 이민경 안남영 왕지경 정경주 김수인 김혜연 김하연 김예진
브랜딩 함유지 함근아 박민재 김희숙 이송이 박다솔 조다현 정승민 배진성
제작 강신은 김동욱 이순호 | 제작처 한영문화사

펴낸곳 (주)문학동네 | 펴낸이 김소영
출판등록 1993년 10월 22일 제2003-000045호
주소 10881 경기도 파주시 회동길 210
전자우편 editor@munhak.com | 대표전화 031) 955-8888 | 팩스 031) 955-8855
문의전화 031) 955-2696(마케팅) 031) 955-2678(편집)
문학동네카페 http://cafe.naver.com/mhdn
인스타그램 http://cafe.naver.com/mhdn | 트위터 @munhakdongne
북클럽문학동네 http://bookclubmunhak.com

ISBN 978-89-546-7480-5 03810

잘못된 책은 구입하신 서점에서 교환해드립니다.
기타 교환 문의: 031-955-2661, 3580

www.munhak.com